The Autobiography
of Baba Akiko

寂しさが歌の源だから

穂村弘が聞く馬場あき子の波瀾万丈

馬場あき子

角川書店

寂しさが歌の源だから

――穂村弘が聞く馬場あき子の波瀾万丈

目次

装丁　片岡忠彦
帯写真　永石　勝

寂しさが歌の源だから——

穂村弘が聞く
馬場あき子の波瀾万丈

激動の少女時代

「ゴン、ゴン、ゴーン」

――それでは始めさせていただきます。馬場さんの一番最初の記憶ってなんですか。

馬場　穂村さんは？

――え、僕？　僕は、空に模型の飛行機が飛んでいる景色が最初かな……。二、三歳くらいです。

馬場　私の最初の記憶は小さいときなんです。夜中に、突然目を覚まして、「ゴン、ゴン、ゴン、ゴーン」って泣くんで、父親が怒って、私を吊し上げて、「高い木に吊しちゃうぞ」って言ったの。それでも「ゴン、ゴン、ゴーン」って。本のことを私は「ご本」って言えないから。

――へーえ、おもしろいなあ。本がどうだっていうんですか。

馬場　父があるったけの絵本を持ってくるんだけどそこにない本、違う本が欲しかったというか。大人になってみると、いい記憶だなって思うのよね。まだ見たことのない本を欲しがって、泣き続けてね。すごく強情な子だった。

――お父さまは明治何年くらいのお生まれですか。

馬場　三十三年生まれです。

――産みのお母さんは、病弱で、母方の祖母に養われたと年譜（『馬場あき子歌集』、以下同）にあります。年齢は、わからないんですか。

馬場　えーと。昭和九年に二十八歳で亡くなりましたので、私を産んだのは二十二歳ですね。

――お生まれが「東京府代々木町」とありますけれど、今でいう荻窪の辺ですか。

馬場　そうね。荻窪にあった日赤で生まれたと言われています。住んでいたのは今の西武池袋線の江古田という駅の北側をずっと下りていった小竹というところ。

――お父さんは何のお仕事をされていたのでしょうか。

馬場　東北出身で早稲田大学の出版部に勤めていました。早稲田の先生の本と、それから夜学の人の教科書を編集していたようです。

――じゃ、やはり本とかそういうものに縁のある環境だったんですね。

馬場　ええ、でも母は生きている間は結核で入院していて、父は勤めているから私と一緒に住んでいませんでした。私は母方の祖母と母の妹の若いおばたちに預けられて暮らしていたんです。私を産んだ母は姉妹の真ん中の娘で、姉と妹がいたんですね。おばあちゃんは、雑貨商を営んでいたので、そこにみんながより集まって暮らしていました。美人だけど男運のない伯母、理数系が得意な頭の良いおばたちと一緒に。おもしろい環境で育ちました。家は文学とは程遠い世界なんだけれど、父が早稲田の編集部にいたから、本のことはしょっちゅう気にしていて絵本はたくさん持っていたんです。それをひとりで見ていたの。それから母の姉妹であるおばさんたちは百人一首が好きだったわね。

――じゃ、カルタみたいにして遊んだりしてたんですか。

馬場 そうそう。それからおばあちゃんが物語好きな人だった。寝物語は、「マザーグース」のような洒落たもんじゃなく、大江山の酒呑童子《しゅてんどうじ》の鬼退治の話とか、そういう話をするわけですよ。おばあちゃんは丹波の、大江山はすぐ近く、綾部の人だから、私が囲炉裏のところにちょこんと座っていると、煙管《キセル》なんかで遠くをさしながら、「あこの山になあ」ってわけですよ。

――そのころ、囲炉裏なんてあったんですか。

馬場 私が小さいころは囲炉裏ですよ。

――雑貨商というのはどんなお店なんですか。家の間取りとかどんな感じでしたか。

馬場 昭和の五、六年ころの田舎っぽい町ですから、それはもう、子どもの飴玉やせんべいから、皆さんが使う味噌から醬油から、怪しげな薬から、筆、紙、その他、日本手拭まで売ってたんじゃないかな。そういう何でも屋で、あそこへ行けば何とかなるという店よね。お店には細い抽斗棚《ひきだしだな》があって、水引や半紙とか、もっと上等なものとか、セロハンとか油紙とか、いろいろなものがたくさんの抽斗の中に入っているのよ。お正月が近づくと羽子板は並ぶし、店先には凧がいっぱい吊されるし、賑やかなものでしたよ。

――今でいうコンビニエンスストアかな。それをおばあちゃんが一人で商っていたんですか。
馬場　だって、お客が少ないから十分商えるのよ。
――そのお店と住居部分がくっついているんですか。
馬場　そう。一階にはおばあちゃんが寝ていて、二階の大きい部屋の隣の六畳でおばたちと私が寝ていました。十二畳の部屋でカルタもとれるし、何でもできました。

無口だった父

馬場　産みの母は結核で、病院に入れられていたのですが、母は絶対、私に会おうとしなかった。病気ゆえということね。私を連れてきちゃいけないと自分で言ってね。私は母に抱かれたことがありません。頭の良い人だったと思う。だから、病気がうつりもしないで育ったわけです。
――お父さんは奥さんのことを馬場さんに語ったりしなかったんですね。
馬場　東北の男ってものを言わないんですよ。ただ、与える。父がいちばん私に与えてくれたのは、やはり本かしら。成長にしたがっていろいろな本を読ませてくれた。その他は豊島園に連れて行ってもらったことを覚えているんです。
――豊島園って、そんなころからあったんですか。
馬場　あったんですよ。
――どうも囲炉裏と豊島園がイメージの中で同居しにくいんですけど（笑）。

馬場　豊島園はあの辺いちばんの歓楽地で、花火が有名。小さいときはお父さんが水着を買ってくれて豊島園のプールで泳がしてくれたり、遊園地のウォーターシュートというやつに乗せてくれたり。

――囲炉裏とウォーターシュートが結びつかない（笑）。

馬場　イメージが湧かないでしょう。今と変わらないものもあるのよね。つい最近までウォーターシュートってあったんじゃない？

――今もありますよ。

馬場　それに乗ったのよ、三歳くらいのころから。水しぶきを浴びて、キャーッて言ってたわけ。

――そんなに活発なタイプじゃなかったってことをよくお話しになりますが。

馬場　そう。でも活発じゃなくたって、ウォーターシュートに乗せられればキャーッて言いますよ。ただそのあとはまた口は閉じてるだけ。メリーゴーラウンドも好きだったわ。しかし、好きでも黙って楽しんでいて、面白いとかあまり言わないのよ。親も言わないのよ。だから、黙ったままの親子が一日遊んで帰ってきて、おばあちゃんとこへポンと。おばあちゃんは最初の孫で預かりっ子だから可愛くてしようがないんでしょうね。あらゆるおもちゃ、流行のお手玉、縄跳び、ボール、手毬、そういうものは要求しない前に目の前にある。だから、ものを欲しいと思うことがなかった。

――そういう意味ではとても恵まれていたんですね。

馬場　ところが、周りに遊び仲間になる女の子がいないの。おばあちゃんは、子どもはだれかに遊んでもらわなきゃならないというので、近所の男の子に「この子と遊んでやってくれ」って、お小遣いをやるわけよ。

――幼稚園みたいなところはないんですか。

馬場　保育園とか幼稚園は戦後盛んになったんですよ。大きいお庭があってピアノがある家の子しか幼稚園には入れない。庶民の娘はそんなところに入らないの。

小学校入学前に実母を亡くす

――以前、名前が違ったみたいなことをおっしゃってましたが。差しさわりなければ教えていただけますか。

馬場　本名は馬場暁子です。女性の時代の暁だという思いがあったようです。でも、この名前は占い師が「親に死に別れる名前だ」と予言したので、おばあちゃんが慌てて、迪子《みちこ》という名前をつけたの。その占い師にでも決めてもらったんじゃないかしら。小さいときは、「みっこちゃん」って言われていました。

――苗字が変わるのはわかるけれど、なんで下の名前が変わったのかなと思っていたんです。

馬場　おばあちゃんはうちの父を養子にもらいたくてしようがなかったけれど、結局、父は最後まで養子を承認しなかった。

それに私の出生は実に不思議なことになっていて、父である馬場力《ちから》の父の馬場勇太郎孫として籍が入っているの。

――どういうことですか。

馬場　育ててくれた祖母は頑固者で、苗字が柏原というんですが、孫を柏原に入れるか馬場に入れるかで私を取りっこしていたということでしょうね。

――では、柏原迪子だったんですか、おばあちゃんから見ると。

馬場　そうですね。おばあちゃんから見ると柏原迪子。そして父からすれば馬場迪子。会津の父方の祖父が口をきいて、「おれの孫にする」というので、本籍は勇太郎の孫になっている。私ものんきだから、のちに学校勤めを辞めるときにそのことに気がついたの。事務職の人が「馬場さん、失礼なことを聞きますけど、これって私生児だったんですか」って言われたけれどね。戸籍にはそうなっているのね。

――つまり産みのお母さんが結核だったから籍が入ってなかったということですか。

馬場　うーんそういうことなのかしら。どうなってたんだろう。とにかく戸籍を見ると「馬場勇太郎孫、父力、母静子」と書いてあるの。

――変ですねえ。親との関係がそれだと、なんか。

馬場　私生児みたいでしょ。おかしいわね。でも私は、「えーっ、私が私生児なの？　おもしろーい」って、そういうことを嘆かないで興がるたちだから。調べてみようって調べたら、そういうことで、なかなか行方の決着がついてなかった。

――小学校には、馬場暁子で上がるんですね。

馬場　ええ。というのは、小学校に入る年の二月一日に実母が結核で死にました。お葬式が終わってから小学校一年に入ったわけで、おばあちゃんも自分の娘が死んでるんだから、あきらめて馬場暁子を承認したんでしょうね。

――お母さんが亡くなったときのお気持ちは……。

馬場　なんの感情も動いてないですね。母が亡くなった日のことは、何かの随筆にも書いているのですが、昭和九年二月一日、記録に残る大雪で、いろいろ交通も止まっていたくらい。庭のトイレのところに南天の木があって、手水鉢があって。その南天が雪をかぶってしなだれていたのが、父が二階から下りて来たとたんにパーンッて弾いて、真っ赤な実がパーッと出たのね。実に美しい景色だった。下りてきた父をパッと振り向いたら私をみる目に涙がいっぱい溜まってたの。それが異常に鮮やかに記憶に残っています。

葬式の二日間。近所の人が集まって葬式をやってくれました。父の早稲田の友人や後輩が受付なんか全部やってくれてたわね。

私はオーバーを着せられて受付のところに立っていたの。集められたお香典は全部、私のポケットに入れられるのでポケットがだんだん重くなっていくわけ。私は何をやってるんだろうと思ったけど、棺桶の中のお母さんを見て、ああ、これがお母さんなんだと思ったくらいです。

――そのときのお母さんの顔を覚えていますか。

馬場　覚えていますよ。その前に一遍だけ、お母さんが小康を得て父の住んでいた家にちょっと戻ってきたとき、叔母が連れていってくれた。おばあちゃんが私をすぐ取り返しに来ちゃったけど。そのときお母さんが、ゆで卵を作ってくれて、糸を口に咥え、卵に巻いて切って、食べさせてくれた。それだけが母の思い出。

——お母さんは亡くなったときはおいくつくらいですか。

馬場 数え年で二十八でした。遺書があるのよ。ただ、何度か引っ越しているうちに無くしてしまったのだけど、内容は覚えています。父に「二十歳《はたち》になったら渡してくれ」と母が頼んでいたので、専門学校を卒業した年にそれを渡してもらいました。読んで、ちょっと泣きましたけどね。意志の強いお母さんだったんだなあと思いました。「子どもに結核をうつしたくないから私はお前に会わない。だけど、お母さんの気持ちはこうだ」ということを縷々《るる》として書いてあってね。なかなかの人だったんだなあと思ったけど、感情が湧かないわけよ、知らないっていうことは。急にもらった手紙ですからね。死者から来た手紙だから。

——でも、〈夭死せし母のほほえみ空にみちわれに尾花の髪白みそむ〉（『桜花伝承』昭52）の歌、すばらしいと思います。

馬場 それは大人になってからかえって感情が強く湧いてくるのよ。わかるでしょう、二十七、八歳で子どもを残して死んでいく母親の気持ちって。それで、自分の子どもみたいにいとしくなってくる。私がそういうふうに母の感情というものを近く感じるようになるのは四十過ぎてからだから。

——完全に年齢は逆転してますね。

馬場　そう逆転してるの。大事なものを残して逝く女の感情がわかるようになったのよね。

新しいお母さん

馬場　新しいお母さん、継母《ままはは》は、産みの母が死んでから三年目にやってきます。

そのころも私は、かわらず母方のおばあちゃんの江古田の家にいましたが、父は早稲田の近くの高田馬場に住んで早稲田に通っていたんだけど、男って一人になったらどうしようもない、とてもだめになっちゃって。そのとき、父の故郷の先輩が「あなたも奥さんが亡くなったことだから、心機一転して実業に就きなさい。何のために早稲田の政経を出たんですか」と説得に来たそうです。父も、「なるほど、自分は政経を出たんだ。専門はそっちだ」と思って、その人の言うことを聞いてね。誘われるまま早稲田の出版部を退職して、東北の鉱山の開拓に乗り出しました。戦争の足音が近づいていたから、政府の援助があって景気が良かったんじゃないかな。

私を産んだ母はちょっと意地悪いくらいインテリな繊細な女だったらしい。浪費癖があって、父が最初に渡した生活費をものもらいに来たホームレスが可哀想だからやっちゃったという人なの。母が亡くなってから、父は「そういう女は困る。もうちょっと違った女がほしい」と思ったんじゃないかな。学問などなくても、人間がよくて、やさしくて、勝気で、いじらしい。そういう女性をみつけたのね。

新しいお母さんであるマルさんというその人は、とりあえず私を育てていた江古田のおばあちゃんのところへ挨拶に来たの。それまで私を育ててくれていたうちの祖母やおばたちは束髪《そくはつ》とか、耳隠《みみかくし》とか、その当時の髪を結ってるじゃない。ところが、父が連れてきた新しいお母さんは赤い手柄の入っている丸髷を結って、美しい金紗という着物を着て、しゃなしゃなとやってきた。私はそれまで見たことがない髪形だったから、一目惚れしたの。「いやあ、きれいな人が来たぞー。これが私のお母さんか。まんざら悪くないな」って。いつもノー天気なのよ（笑）。

――あれっ、前妻の母親のところに後妻があいさつに来たんですか。

馬場　そう。私の母は死んでいるけど、おばあちゃんが私を育てていたでしょう。だから。夫になる馬場力の娘を育てているおばあちゃんのところへ、「私が今度、馬場力の新しい嫁になりました。ついてはあなたは姑です」というので来たわけでしょう。正式には姑じゃないけど。いちおう挨拶に来た。それが、小学校三年生の春です。そしてその年の秋に、私はね、おばあちゃんに「あの新しいお母さんと住みたい」って宣言してしまったんです。

――可哀想じゃないですか、それまで育ててくれたおばあちゃんは。

馬場　おばあちゃんは泣きましたよ。それも滅多にものを言わない孫娘が突然、鞄を開けて、教科書を全部詰めて背負って言うのよ。おばあちゃんはびっくり仰天よ。

――それまではすごくおとなしい、おっとりした子っていう感じなのに、突然、自分の身の振り方を。

馬場　そうなの。決めちゃうの。今も同じよね。そういうところは。

――それはどういう心理だったんですか。やはりお母さんが欲しいとか。

馬場　あ、その前に少し、小学校に上がったころの話をしておきましょうか。おばあちゃんが私のことを「自分の孫だから、この子は天才的に頭がいいに決まってる」と決め込んでいたのよね。それで、そのころ大都会の池袋の立教大学の前にあった西巣鴨第五尋常小学校（のち池袋第五）に越境入学させたの。

――気合の入ったおばあちゃんですね。

馬場　そりゃあ気合が入っています。でも駄目だったんですよね。

――「祖母の期待に反し、成績劣悪であった」と年譜にすごいことが書いてある（笑）。そのときは、おばあちゃんが江古田に住んでいて、お父さんとお母さんが、高田馬場に住んでいるんですね。でも両親のところに行くのは自然といえば自然なのでしょうか。

馬場　新しい母は、（嫁ぎ先には）子どもがいると聞いたので、鶴の模様のついたきれいな子ども用のお布団を作って持ってきていたの。土曜日なんかに江古田の祖母の家から高田馬場の両親の家に遊びに行くようになりました。越境入学なんかさせられていたから、毎日電車に乗って学校に通っていたから小学三年生でもあちこち電車に乗ることができて（笑）。高田馬場の戸塚二丁目というところですが、あのころ、十字路にロータリーがありました。ロータリーがあるなんて大都会ですよ。父が亡き母と住んでいた小竹の家の周りは全部たんぼでしょう。祖母の家の前には川が流れていて、一番地という川向うには狐が出ると言われていたから、そういうところから来ると高田馬場は大都会。早稲田の学生なんかも年中往復しています。うちにはきれいなお布団があって、一番覚えているのは小さい青い電球をスイッチで切り替えできる洒落ものをつけて寝ていたのよ。それが気に入ってね。

――なんかひどくリアルですね、その話（笑）。でも子どもってそうですよね。

馬場　味噌や菓子や紙を売ってるところより、そういう都会的なところのほうがいいじゃないの。両親の家に遊びに行くにつれて、「ここで暮らすのが本当だ」と思ったんでしょうね。鞄に教科書を詰めちゃって、「おばあちゃん、あそこに行きます」って。それでね、おばあちゃんは「継母っていうのはそういうもんじゃない。はじめはいいんだけど、一緒に暮らすと継子《ままこ》いじめが始まるんだ」って話をしてくる（笑）。

でも、赤ん坊のときから「ゴン、ゴン」って一晩じゅう泣いた私だから、行くと決めたら行くのよ。「ひとりで行かれる」と言って出て行こうとするので、おばあちゃんは慌てて着物を着替えて一緒に行って、継母の前に手をついて、「よろしく頼む」って、明け渡しの儀式が終わったのよね、おもしろいわよね、そういうのって。

成績はすべて乙、行儀は丙

――学校はもともと越境しているから、おばあちゃんの家からご両親の家に引っ越しても転校はしなくていいんですね。

馬場　そこからまた通えばいいんだから。

――さっきの続きになるんですけれど、成績が劣悪っていうのは。

馬場　なんで劣悪だったかというのは、さっき言ったように、おばあちゃんが熱愛しすぎて自分に欲求がないからなのね。

教科書は全部読めるんだけど、「読める人」と言われて、手を挙げるということを知らないんです。みんな、ハイ、ハイ、ハイって手を挙げるから、読みたい人が読めばいいやと思ってまたにゃーっとして黙っている。それが成績にかかわるなんてことは全く考えない。それに学校に行って、「馬場暁子さん」と呼ばれてもはじめは自分じゃないと思ってるわけだしね。だって私は「みっこちゃん」だから。だれかなあと思って、先生に「あなたのことよ。ハイってお返事しなさい」って言われて「あ、あたしのことか」と思って小さい声で「はい」となるわけね。

あと、休み時間と授業時間の区別がよくつかなかったのよ。越境をして行くようないい学校だから、校庭に、いろいろな小鳥が飼われている、大きな、おうちみたいな鳥小屋があった。黄色いのもいるし、赤いのもいるし、おもしろいなあと思って一生懸命になって見ているから、休み時間が終わっても気がつかない。

――そのころから動物がお好きだったんですね。

馬場　そうそう。鳥が好きだった。それで、教室に入って行かないから、先生がつまみに来て、「そこに立ってらっしゃい」と教室の後ろに立っているように言われるけど、立ってるなんてべつになんとも思っていなくて、ハイと言って立っていればいいんだから平気で立っている。罪悪感も劣等感も何もなしなのよ。そういう変な子だったから、一年生のとき、全乙で、お行儀が丙。

―― 甲乙丙丁の順ですね。

馬場 丁というのは滅多につかない。丙があるのは劣等児よ。私は行儀が丙だから、どんな子だと思われるじゃない。

これはよくいろいろなところで話しているから有名な話になってしまったんだけど、理数系の頭のいい叔母さんが私の苦手な数学を教えようと思って奮闘したのです。「にわとりが十羽いました。わかるーッ？」とものさしでバンバンッて机を叩くんです。「うんうん、わかる、わかる」って私はうなずくんです。頭の中にレグホンだとか茶色の羽の鶏だとかがコッココッコと庭中に群れているのよ。「三羽逃げた。わかるーッ？」、バンバンッ。「うんうん、わかる、わかる」って。「残りはいくらーッ？」ときかれると、「三羽逃げた。後ろからトットトットとついていっちゃうのもいるだろうから、いくらくらい残るもんかなあ。こりゃむつかしいわあ」と思ってね、「うーん、七羽か六羽」と答えるわけよ。その手合いだから、叔母さんは怒る怒る（笑）。

―― デジタルがアナログ変換されちゃうんですね（笑）。

馬場 そう。場面としてしか捉えられないのよ。

―― 馬場さんの独特の胆力というか、そういうのは遺伝的に言うとだれから受け継いだ胆《きも》なんですか。

馬場　それはもう育ててくれた母方のおばあちゃんでしょうね。

――そのころ、鳥とご本以外に好きだったもの、宝物みたいなものって何だったんですか。

馬場　ないのよ、好きなものが。出てきちゃったものを持ってるだけで。

――近所の男の子に小遣いをあげて遊んでもらうような環境だと確かにハングリー精神はないですね。

馬場　全然ないんです。ただ、体がものすごく弱かったの。お医者さんにかからない月はなくて、神経質な、腺病質な子だったの。今ではすべてが考えられないのよ。お医者さんは一軒じゃ心配で二軒から呼んでるもんだから、医者の人力車が二台来ちゃったこともあるんです。

――お医者様が人力車に乗って往診してくれるんですか。まるでお姫様じゃないですか。本当に大事に育てられたんですね。ただ、どうも人力車とウォーターシュートも時代が合わないような。

馬場　それが合ってるのよ。道路だって滅多に自動車が通らない。自動車よりも馬や牛の車のほうが多い。年中、馬糞だとか牛糞だとかがそのへんにボトボトボトボト落っこってる。そういうのを近所の気がついた人が四角いごみ取りで掬い取って裏の畑の肥料にする。そういう時代です。タクシーのことは円タクって言ってたのね。円タクが来るのは珍しくて、来ると「それ来たーッ」て、子どもを抱いて、円タク、円タクって見せる。昭和一ケタって、そういう時代よ。

継母の家に引き取られた翌年、そんな調子であまりできもよくないから、越境通学はやめて戸塚第二小学校という高田馬場の駅のすぐそばにある小学校に転校することになりました。家から歩いて行ける学校だったんです。その学校でも父と一緒に呼ばれて、職員室で担任の先生と対面します。校庭には桜が爛漫と咲いていて、いい景色です。父は小さい生徒用の椅子に座らされて、担任の先生が（成績表を）開きながら、「馬場さんのお父さん、お嬢さんの成績は非常に悪いです。あなた、大学も出てらっしゃるんだから、これを転機に少しお子さんの勉強の指導もなさっていただかないと困ります」と言われたの。父はもともと体の大きい人だったのに、こんな小っちゃくなって、「申し訳ございません。申し訳ございません」って謝っているの。父をこんなに小っちゃくして謝らせるのはよくないから、これから勉強しなきゃならないって、決意したのを覚えています。

――小学校何年生のときですか。

馬場　四年生のはじめ。転校したときです。

転校したら、すぐその年に戦争が始まりました。日中戦争。それで兵隊さんに慰問文を書くんです。文章書くのは好きでした。本もいっぱい読んでるしね。四年生になると作文の授業があって、初めてそこで才能が開いたんです。すぐにみんなの前で作文が読まれるようになった。

――最初から上手だったんですね。

馬場　そう。慰問文も上手でね。友だちのも「書いてやる」って、書いたくらい、文章を書くのが好きでした。

――作文は残ってないんですか。

馬場　残ってないのよ。

――惜しいですね。日中戦争が始まるのは昭和十二年ですか。

馬場　その前の年、昭和十一年が二・二六事件でしょう。私は二年生でした。その時には、祖母の家に伯母が養子にした和郎君という従弟が一人いて同居していたんですが、その子と二人で二・二六の雪を見ていましたね。よく覚えています。

継母とは波長が合っていた

――じゃ、新しいお母さんとはうまくやっていたというか。やさしくしてもらえたんですか。

馬場　そうですね。とても気が合ってね。新しいお母さんはあまり字が読めなかったんです。戦争が始まって、回覧板が来ると私が読む。「お母さん、何々の配給があるよ」とか、「何か器を持っていかなきゃもらえないよ」とか、「防空演習があるよ」とか、教える。でも、「演劇画報」を毎月取るんで、うちの中には歌舞伎役者や新派や映画俳優や、そういうのの姿だけを見る機会は山ほどあって、私はそこで歌舞伎が好きになったんです。

それにね、お母さんははじめご飯が炊けなかったのよ。ガスで炊くんですが、うちに来る前は、薪で炊いてたんじゃないかしら。だから、勝手がわからない。ご飯が噴いてくると、「あっちゃん、あっちゃん、ご飯が噴いてきたよ」と言うから、私も駆けつける。二人でもって、「どうしよう、どうしよう」って。「噴くから、お釜の蓋を少し開けよう」とか言って。そんなことをやりながら二人でご飯を一生懸命炊いたんです。

――お母さんは若い女性だったんですか。

馬場　私と十七、八しか違わないんじゃないかな。だから、姉妹みたいなのよ。おかずを作るのも下手だったけど、だんだんに覚えていく。「どうして結婚したの」と聞いたら、「馬場さんはひとりで洗濯もできないから、可哀想だと思って。同情結婚なんだ」って平気で言ってくれるお母さんでした。

父が帰ってくるまで、何をしているかというと、三味線を弾いてる。向こうに葡萄棚があってね。お母さんはそこで布巾をお膳にかけて三味線を弾いている。私は縁側に座って、それをボケーッと聴いている。

そのうちに、「三味線、弾く?」と聞かれたから、「うん」と言って教わるんだけど、意外と教えるのに厳しいのよ。「ひとつとや」を何か月弾いていたかな。「この子は芸筋、悪いねッ」なんて言われながら。「春雨」というのも教わったな。「ちん、とん、しゃん、春雨に、」って、やるんです。踊りも教えてくれるの。

――へえ。どういう家柄の方ですか。

馬場　お父さんが早稲田を辞めて、東北の鉱山にかかわるようになってから、いろいろなお料理屋さんに上がることも多いじゃないの。そういうところに関係のある人だったんでしょうね。

――そのお母さんに子どもはできなかったんですか。

馬場　幸か不幸かできなかった。

――つまり異母兄弟はいないということなんですね。

馬場　そうそう。それが助かったし、あとになれば私が全部、面倒を見なきゃならなかったわけだけどね。継母の家に来てから、「お母さん、お三時ってないの？」「戸棚に入ってるから、好きなだけお食べ」っていうので、開けてみると、お菓子が好きなお母さんだから、山ほどお菓子が入っている。「えーっ、これを好きなほど食べていいの？」って。トウモロコシも、おばあちゃんちだと三つくらいに切った、これっぱかりのを従弟の和郎と二人でぽそぽそと食べていたけど、お母さんは一本そのまま渡してくれるのよ。こりゃあすごいなあと思って。年中、おなかを下してたけど、そのうちにおなかのほうがそれに慣れて、いくら食べてもおなかをこわさないようになって、そういった点では継母と波長が合ってたわね。いいところへ来たなあと思ってね。

――継母にいじめられるという定型はあてはまらなかったんですね。

馬場　全然、あてはまらなかった。叱られたことはあるけど、向こうも大して叱ることばも持ってないし、三味線を弾けば憂さは晴れちゃうし。

――学校より家のほうが楽しかったんですか。

馬場　いえ、それが学校もけっこう楽しくなってきたの。気分が変わると成績も上がるのよね。四年生になったら、甲が三つくらいになった。学年が上がって、甲が五つになるとか。そういうふうに成績が上がっていくと、級長、副級長にはなれないけど、衛生委員とか、何とか委員という勲章がつくのよ。この勲章がうれしくて、お母さんに見せるわけよ。すると、そういうお母さんだから、

「偉いねえ。偉いねえ」と言って褒めてくれる。それがうれしくてうれしくて大得意になっているから、学校へ行ってもアネゴ気分になっちゃうんです。すごいですよ、環境の変化って。

―― 馬場さんは本質的には内気な人なんですか。それとも、ボスになるような性格なんですか（笑）。

馬場　わからないなあ、自分でも。どういうんでしょうねえ。継母と住むようになってから性格が変わっちゃったのね。継母の庇護者みたいになったんですね。字が読めないし、お裁縫もできないのに、一生懸命、私のために編み物を覚えてセーターを編んでくれたり、学校で使う小さいお座布団を作ってくれたりするようになって、この人を幸福にしてあげなきゃ私はうそだという気持ちになっていったのよね。

そうそう小学校の担任の先生の名覚えていますよ。成績劣悪時代は、益山先生、鈴木先生、五味先生、転校してから矢部先生、桜井先生（五〜六年）、隣の組には憧れの女先生の田島先生。それから少し怖かったけれど、声を認めて下さって、よく学芸会に出して下さった森川先生。この先生は戦後沖縄に永住され、教え子の夫婦を養子にされとてもよい生涯を送られました。

昭和十六年十二月八日の開戦、試験中止

―― 年譜によると「昭和十五年、昭和高等女学校に入学。古典を読むようになり、短歌を作り始める。十二歳」とあります。このへんからですか、短歌を作り始めたのは。

馬場　そうですね。学校の成績は甲が五つくらいあったって、残り半分は、乙でしょう。四つ五つ、試験を受けたけれど、みんな落ちちゃう。もう一つは、運動が嫌いだったものだから、平均台からすぐ落っこちる。何か持って走るときも、重たいのが嫌いだから、すぐドッコイショとしゃがんじゃう。そういうので体育で落ちたのもあるし。数学ですよ、やっぱり。ほとんど数学で落ちてたでしょ。最後に、「もうダメだな。どうするんだろう、私は」と思ってたら、昭和高等女学校からただ一通、入学通知が来た。

　そうすると、自分は全落ちで、この学校からしか入学通知が来ないということで情けないとは思わないのよ。私は勇躍して、そこに入学手続きに行くわけ。

――　どこにあるんですか。

馬場　上高田。今の下落合とか中井とか、火葬場のあるあたりをずーっと通って行ったなあ。

――　女子高ですね。

馬場　女子高です。上に日本女子高等学院という専門部があって、専門部を持っていながら、両方とも少し校舎は情けなーい学校だったの。

――　「情けなーい」とはどういうことですか（笑）。

馬場　まず、校門が小さい。植込みの細い庭のようなところを歩いていくと事務所があって、そこから入ると、小っちゃい運動場があって、階段を上がると、上にもまた小っちゃい運動場があるだけで、下には木造校舎が一つ建っていて、上にはコの字型に少しきれいなのが建っていて、そっちに専門部なんかがあったんですけどね。とにかく小学校以下の校舎だった。そんなとき、「ああ、自分は成績不良だったから、こういう学校へ入るんだ。どうしようもないなあ」と発奮するのか、がっかりするのか、どっちかじゃない。だけど、私はそういうところでつねにそう思わないたちなのね。「まあ、ここのところでもいいか」と思うのよね。教科書はどこだって同じだし、いろいろいいことが書いてあるし、ああ、おもしろいなあと思って、国語が好きになり、歴史が好きになり。歴史や国語は先生の授業より先にこっちは調べているわけ。だから、質問もするし、とても楽しかったですね。英語は苦手だったけど、敵性語だから、英語は嫌いでもだれも怒らない。

――この時点でそうですか。

馬場　翌年が太平洋戦争よ。英語なんて、「ジス・イズ・ア・ブック」なんてのばかり繰り返してるのがばかばかしくって、「こんなもの、覚えなくたっていいや」という気になっていた。私は英語と数学が劣悪でした。

ちょうど二年生の十二月の試験が八日だったの。そこで数学の試験。前日にすごく数学のできる天才的な友だちがいて、因数分解か何かの数式を覚えて、「私が鉛筆で書いて、こうやってるから、あんた、それをそっと見れば答えがわかるよ」って言うから、「そうかあ、いいなあ」と思ってね(笑)。当日は「早く書いてくれないかな」なんて思っていたら、けっこう早く答えを書いてくれて見せようとやってくれるけれど、字が薄くて見えやしない。弱っちゃったなあと思いながらも、目がよかったので三つくらい、答えを盗んで書いたのよ。

そしたら、外からトントンとドアを叩く人がいる。その人と小声で話していた先生が「試験中止!」と言う。「エッ、もう終わったの」とびっくりしたら、「答案はそのまま伏せて、講堂に集まりなさい。重大なお話があります」と言う。前の晩、ラジオなんて聴いてないから、なんだろうと思って講堂へ行ったら、(校長先生が)開戦の詔勅を読んで、勇ましい曲を二曲くらい聞かされた。

——試験を中止するような出来事なんですね。

馬場 たいへんですよ。だって、アメリカと戦争が始まったんですから。講堂から帰ってきて、教室を片づける当番だったので、友だちと二人で大きな地球儀を教材室にもって行き、アメリカってどこにあるんだろうって地球儀を回し、二人でその大きさにびっくりしたの。「エーッ、こんな国と戦争をしてどうなるの。中国だって大きいのに」って青くなっちゃった。「勝てるはずないよね。これはたいへんなことだ」って、子どもにもわかったわ。それからは、もうおしまいよ。翌年からどんどん悪くなっていくんですから。

——戦争がいよいよ始まるわけですね。次回は、戦中から終戦のあたりまでのお話を伺おうと思います。

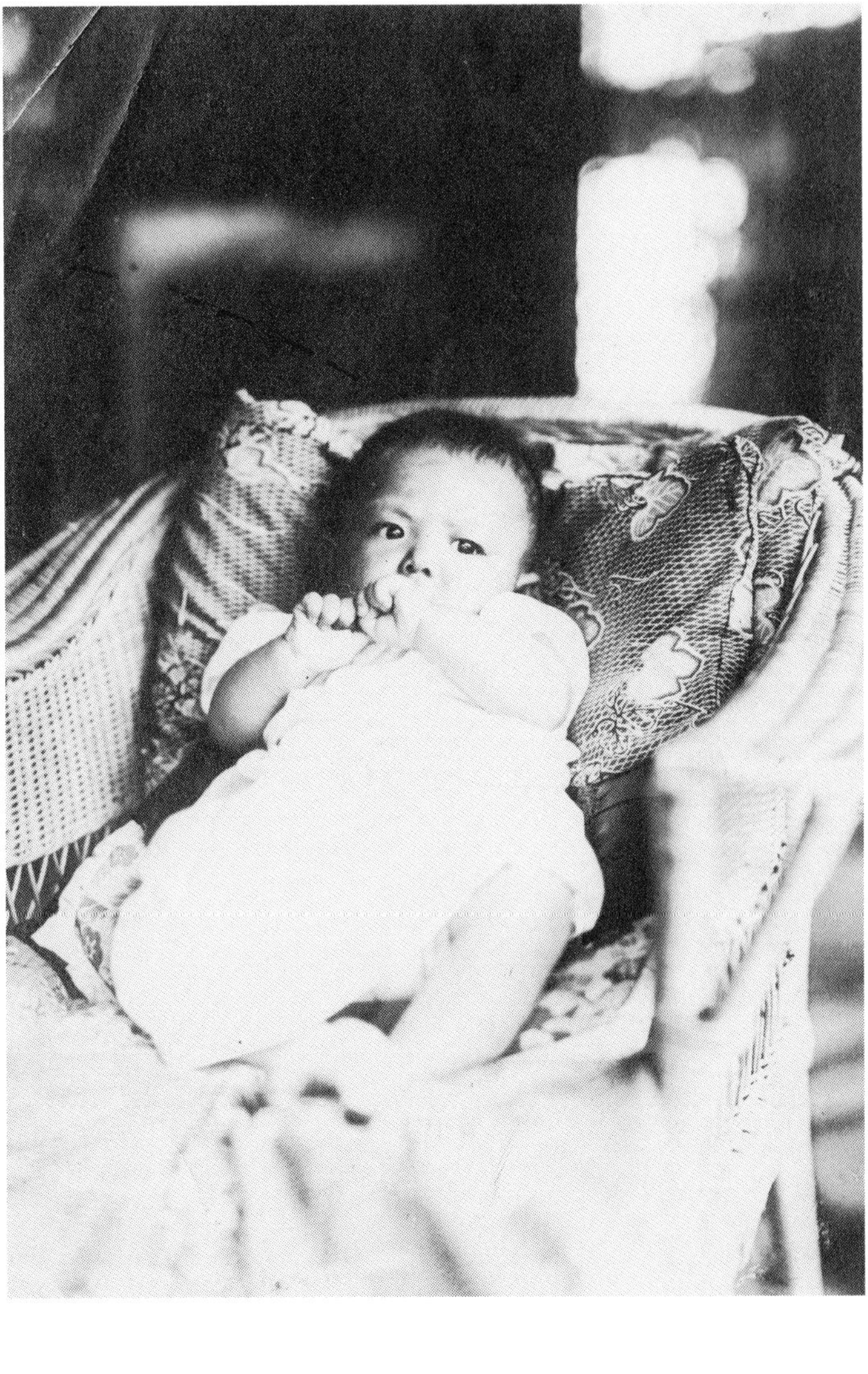

あき子、0歳。

戦争と青春時代

中島飛行機に動員

——前回は十二月八日の開戦のころまでの話を伺いました。今日はその続きからよろしくお願いします。

馬場　昭和十六年十二月に開戦。数学の試験が中止になりました。翌年にはフィリピンのマニラやビルマ（ミャンマー）に進撃したなどで、戦勝の旗行列ばかりありました。二月にはシンガポールも陥落し、しかし、六月にミッドウェー海戦で作戦を誤って日本が大敗北をするでしょう。アメリカと戦争をして一年もたなかったのよ。女学生ですけど、われわれ、なんとなく、不利な戦争を知っていたんです。けっこうな情報を持ってたの。子どもって怖いですよ。「うちの兄さんが言ってたけどね、この戦争は負けるって」と、もう十七年ごろには言い出すわけ。

　初めてアメリカの陸軍機が侵入して空襲がくるのが十七年です。私は女学校三年のときだから覚えています。机の下に潜ったもの。地震じゃあるまいし、爆弾が落ちたらおしまいじゃない。歴史年表でみると、その翌年の十八年にはガダルカナル撤退でしょう。アッツ島玉砕でしょう。学徒動員令が施行されて、どんどんどんどん、一年ごとに悪くなる。アメリカと開戦してから、あの十二月だけなのよ、よかったのは。

——馬場さんの青春は完全に……。

馬場　十年間が戦争。今の高校一年のころに学徒動員令が敷かれて、一年間のうち何か月かは工場で働かねばならないというので夏休みがなくなり、その他二か月をあちこちに動員された。十九年になると一切の劇場と遊戯関係、歌舞伎座ももちろん、あらゆる劇場が閉鎖になるんです。映画もなくなって、学徒は全動員になったの。われわれは十九年四月から今の中央線の三鷹と西武線の田無と東伏見にまたがる中島飛行機という有名な大工場に動員され、そこで旋盤をやらされました。私はなぜだか手が器用で旋盤がうまかった。忘れもしない。学徒第七職場といってた。隣には東大と早稲田実業、もう一つは自由学園と昭和高女。

——同じところにまとめられちゃうんですね。

馬場　そうそう。昼夜三交代。八時間ずつ、朝番、昼番、夜中番とあって、鉢巻を締めて。

——変な時間帯に当たったらどうやって通勤するんですか。

馬場　寮に入れられました。寝ないで働くんですよ。はじめのうちは私の旋盤にも男の熟練工がついている。その旋盤には二人ついていたな。一人が一番に応召されていって、その次、二番に応召されていくと、私がその旋盤の責任で回していたの。すごい大きな旋盤ですよ。飛行機の発動機の台座を作ってたのよ。あっちこっち火傷を作りながら、やっているわけ。八時間働くと休憩に入るんです。夜の八時ごろ、晩ご飯を食べてから出勤して、翌朝までというのが一番いやだった。しらじらと窓が白くなってくると非常に虚無的な思いがして、永遠に薄水色の空しかみえない灰色の時代が続いていくような。そのころはもう大人だから、十六、七でしょう。本当に情けない思いで、永遠に変わらない灰色の中に生きている感じでした。

そのころ神楽坂に住む学友がいて、その人は十三歳のときに三味線も長唄も名取なんですけれど、昼休みにはその人が「唄をうたおう」と屋上に行って、口三味線で「越後獅子」とか「娘道成寺」とか、教えてくれたの。いまだに歌詞を覚えています。

――それは現実とのギャップというか、そこに活路を見たわけですね。

馬場　そう。現実じゃないものが欲しかったのね。夢ですよね。

――切実ですね。十六歳で。その人はその後どうなったんですか。

馬場　わからないのよ。

――そのときだけの友だちですか。

馬場　そのときだけ。だって、最後は工場そのものが毎日空爆を受けるようになる。友だちの一人は爆風で飛ばされて、頭がおかしくなったとか。ほかにも旋盤で指を落したとかいうこともありました。早実の生徒の防空壕の片方に爆弾が落ちて生き埋めになりそうだったのを、やっと掘り出したとか。そんなことばかり。三鷹で空襲を受けたら、足が飛んじゃった人が片足でホームを跳んでったとか。竹藪の中に蛸壺が掘ってあって、その中に入っていると、上からバラバラバラバラーッと何だかわからない飛行機が機銃掃射しながら通っていって、たまたま生き残ったとか。

焼夷弾の夢は今は見ないけど、平成のはじめころまでは、まだ見てましたね。真っ赤な色つきの夢です。「ああ、真っ赤だ、真っ赤だ」と。夢に色はないのに真っ赤なのよ。どこに逃げようか。とにかく水を被ってどこかに逃げないといけないし。火は苦しいのよ。吸い込んだらおしまい。

中島飛行機で、西の空が真っ赤に焼けていたとき、早稲田周辺が焼けたときかな、うちは焼けなかったんだけど、「お前の家のほうが焼けてるから帰りなさい」と言われて、乾パンを十五個かな、みんなそれぞれもらって、私は五年生だったから四年生の下級生を率いて中央線の沿線を帰るなんてことがあって、人が死んでいるのを見ていますが、死んでいるので苦痛はないわけ。苦しんでいるのは見てない。

だから、人間っていつ死ぬかわからない。不意に死んじゃうものなんだというのは今もそう感じています。戦争中は死というものがあまり怖くないのね。

——塚本邦雄さんはご自分の青春を戦争で奪われたことをいつまでもいつまでもものすごく怒《おこ》って、つねに怒《いか》ってましたけれど、馬場さんはどうですか。いちばんいいときを、みたいな思いはありましたか。

馬場（勉強が）きらいな子だったから。個人的には、好きな本が好きなだけ読めた。それで、切り抜けられたんじゃあるまいかと、ときどき思うわけよ。天下晴れて、試験はもうやったことがないのよ、十二月八日以来。

昭和二十年四月、日本女子高等学院に入学

馬場　その後、日本女子高等学院（現・昭和女子大学）に入ります。なぜ入学したかということがまたすごいんですよ。昭和二十年二月になったら、進路を決めなきゃいけないんです。しかし、われわれ、日本は負けるって予感がありました。

というのは、中島飛行機は爆撃が激しいので工場を分散して、私は武蔵境の小さい町工場に、飛行機の発動機を削る機械とともにそこに疎開していったの。総勢は十人か十五人しかいない。そこで発動機をつくっていたんだけど、昭和二十年になったら材料がない。毎日、行っては、「材料、来ましたか」「来ませーん」と言って、日向ぼっこをしていた。（昭和十八年四月十八日に）山本五十六元帥の乗っていた飛行機が撃墜されたでしょ（海軍甲事件）。あれからもうダメなのよね。結局、山本元帥の死は後から知ったんだけど、秘密にされてたの。「実は」って国葬となった葬列が通った。えーと、学徒出陣はその翌年十九年ですよ。そして、以後、負けたとき、どうするか。もうその情報しか入ってこない。二十年の二月になると、東京にうろうろしてるとアメリカ軍が入ってきて、女はみんなアメリカ軍の娼婦に、男は奴隷にされるという噂がいっぱい流れているんですね。「中島飛行機をやめてこれからどうしようか。あんたどうするの」って、友人たちもみんないよいよ悩みだす。もし、行く先が決まらなければ女子挺身隊というのに組み込まれるわけ。飛行機工場は疎開していたから、地方の小さい山陰《やまかげ》の工場に行って挺身的に働かなきゃいけない。それから学

校の教員が足りない時代だから、代用教員になる道が一つありました。それも悪くないなあと思って埼玉の仏子《ぶし》というところに少しばかり荷物を疎開させていたので、それを頼って仏子の小学校まで行ったんです。それで、採用も決まった。だけど決まったはいいのですが住む家がなかったんですね。農家の部屋はみんな予約されているんです、疎開の荷物置場やいざというときに逃げてくる人たちに。二十年二月という時点では牛小屋の上しか空いてないのよ。牛小屋の上に、天井の低い六畳くらいの部屋があって、疎開してくる人から預かった荷物がいっぱい詰まっている。でも「そこなら入れてあげます」って言うので、契約して、行ってみると、牛のにおいで卒倒しそうなのよ。こりゃあもう呼吸もできないというので、代用教員をあきらめて帰ってきました。

いよいよどうしようって悩んでいたら、専門学校以上の学校に入れば徴用は免れるということが耳にはいったんですね。とにかく上の学校にいけばいいんだと思った。それで今の昭和女子大へ。校舎は爆撃されていて、ないけれど、学校の名前がある。そこにとにかく入るといって、瓦礫の中、日本女子高等学院に専門部の入学手続きの書類を出した。女学校の卒業式も専門部の入学式もなかったわね。

――それが二十年三月ですか。

馬場　そう。そして、三月十一日が東京大空襲です。三月一杯で中島飛行機も退任して、やっと日本女子高等学院に入れてもらって、四月から通うことになったの。でも、学校はないのよ。学校はないから、近くのお寺に通うことになりました。

モーパッサンの『女の一生』と松野先生

――話は戻りますが、馬場さんの年譜に、長塚節歌集を読んだ話とか、戦時中に夢中になって読んだ文学書のこととか、いろいろ出てきます。女学生のころはどんな本を読んでいたのですか。

馬場　そのころ、友だちと読書会を持っていたんです。家で事前に読んでおいて、集まればできるでしょう。「あれ、読んだ?」「読んだよ」「じゃ、ちょっと話し合おう」ってね。あのころ、いちばん女性が読んだのがモーパッサンなのよ。モーパッサン全集を回し読みしたりしましたね。

――それは敵性文学ではないんですか。

馬場　フランスだから大丈夫。ドイツもよくて、『車輪の下』『ペーター・カーメンチント（郷愁）』とか、読んでました。でも、そのころの十六、七の女の子が恋なんかしていたら、働く意欲がなくなるので、内緒でしか読めなかった。『女の一生』とか『脂肪の塊』なんて、女学校の二年生には早すぎるのよ。だけど、われわれは読んでた。

『脂肪の塊』は、娼婦が上流階級の貴族にいろいろ役に立てさせられた後、放り出されて軽蔑される物語よ。その娼婦の悲しみと悔しさ。彼女は「脂肪の塊」というあだななわけ。そういうのを読んでいて、やっぱり考えるわね。

一緒に読書会をしてた友人に『女の一生』を貸そうとして落っことしたことがあるんです。新聞紙にくるんだまま。そんなのを読んでたのがわかったら退学問題だからって真っ青になってたら、英語の松野先生が拾ってくれて、さりげなく、「はい、これ、あなたのご本よ」とか言って、返してくれた。もう本当にその先生のお陰で助かった。『女の一生』と松野先生は忘れませんね。

『平家物語』の韻律に魅せられる

馬場　他には岡本かの子の『老妓抄』も熟読しました。あのころ、岡本かの子が流行ってて、女学生で『老妓抄』を読まない人はなかったですね。さっきの読書仲間の女の子と『老妓抄』に熱中してたわね。そのなかで、〈年々にわが悲しみは深くしていよよ華やぐいのちなりけり〉があるのよ。『岡本かの子歌集』には入ってないけど。これを二人で、三嘆四嘆しながら、「そうだよねえ」って。中学一年よ（笑）。今もその歌はすぐ言えたでしょう。

――馬場さんの桜の代表歌とどこかで通じてませんか。〈さくら花幾春かけて老いゆかん身に水流の音ひびくなり〉

馬場　そういえばそうね、言わなきゃよかった（笑）。

――どこか深いところに入っていたのが数十年かけて熟成されて出てきたみたいな。

馬場　いやあ、やっぱりそのへんから影響があるわね。『老妓抄』はどれも好きだったなあ。

――さっき、少女時代から古典と歴史に興味があったとおっしゃってましたけど、最初に魅せられた古典はどれですか。

馬場　それは『平家物語』。今も部分的に空で言えますよ。

――そのころの女学生はそういうのが自力で読めたものなんですか。それとも、馬場さんが特別読めたんですか。

馬場　ある程度、好きな人や、できる人が何人か読めたんです。私はちょっと特殊な一人ですね。太平洋戦争が始まる前十四歳くらいのころですけれど、学校で校内研究発表というのがあったの。そのとき、有職故実《ゆうそくこじつ》を調べて、「女房装束について」を発表したのが校内発表最優秀賞に輝いたんです。図書館に行って女房装束なんかを調べて、絵が好きだったから、十二単《ひとえ》、五つ衣《ぎぬ》、表衣、唐衣とかの絵まで描いて。今も覚えているけれど、『枕草子』の積善寺供養の段で、領布《ひれ》が靡くところはこんなふうに書いてありますとか発表した。『源氏物語』はちょっとわからなかったけど、『枕草子』まで読んでいたから。数学はゼロ、英語は三十点くらい。だけど、国語と歴史だけはいつも百点に近かった。

――敗戦より前の時点では短歌との直接の体験みたいなものはあったんですか。

馬場　ないですよ。一人で作っているだけ。

――でも、作ってたんですね。

馬場　ただね。二年生の夏休みの宿題に『島木赤彦歌集』を読むというのがありました。

――その時点で『万葉集』とか『古今和歌集』は読んでたんですか。

馬場　『万葉集』は読んでないですね。私は奈良と京都に修学旅行に行った最後の学年ですけど、その前に、〈佐佐木信綱の〉〈ゆく秋の大和の国の薬師寺の塔の上なる一ひらの雲〉を先生が教えてくれたりしたのは覚えている。「うわあ、いい歌だ」と思ってね。

——じゃ、本当に短歌と出会うのは戦後ということなんですね。

馬場　ええ、戦後ですよ。

父は徴用されず

——お父さんは徴兵されなかったんですか。

馬場　ありがたいことに、子どものとき、薪割りで左手の小指の第一関節から先を落としちゃったので、丙種合格、赤紙は来なかった。体格のいい立派な人だったんだけど。

——もしかすると、幸運だったかもしれない。戦争に行ってたら亡くなってたかもしれないから。

馬場　そう。幸運だったんです。丙となったら、鉄砲が握れるか握れないかとか、そんなことは考えないで、丙はだめと決まっていた。それに目が悪くて、メガネをかけてたから。

——そのころ、将来は何になるも何も、まず戦争が終わって何が起きるのかということのほうが圧倒的なんですね。

馬場　もう今、どうしたら生きていかれるかということしか考えてなかったわね。それと父親は甲状腺が腫れてたんです。それが発見されたのが昭和十八、九年なんだけど、空襲がいつ来るかわからないので手術ができないですよね。停電になっても自家発電なんてない時代でしょう。喉を切開するなんてできなかったんです。だから、親子三人一緒にここで、東京の家で死ぬことになっていました。

――死ぬことになっていたとは？

馬場　つまり、私は動員であっちに行くとか、父が手術をするとか、どこかへ疎開するとかは考えないで、もうここに居ようということに家族で決めたの。結局、家は焼けたけれど。

昭和二十年四月、空襲でわが家が全焼

――ご家族は大丈夫だったんですか。

馬場　そう。四月十三日ですね。東京大空襲の後。さっき「真っ赤な夢をよく見た」と言ったのがそれなんだけど、うちの隣に焼夷弾が落ちたのよ。もしも、政府が言うように手掘りの防空壕に入っていたら、生き埋めで死んでたわね。そのころは防空壕が役に立たないことを知ってるから、みんな外に出て、飛行機はあっちへ行った、こっちへ行ったって。というのも、「飛行機が飛んでくるほう、直角に逃げろ」と教わってたの。

――爆弾って見えるものなんですか。

馬場　見えますよ。

――落ちてくるのが視認できるんですか。

馬場　わかりますよ。でも、落ちる先まではわからない。うちの隣に落ちて、水をかぶる暇もなく、

ただ、逃げ出すだけ。
翌日の朝はおなかがぺこぺこ。それで家に田舎から送ってきた大きな自然薯が埋めてあったはずだから、あれを掘りに行こうって、瓦礫の中に自然薯を取りに行ったの。昔の家は煉瓦とかガラスとかではなくて、簡単に焼けぼっくいになっているから、大きな柱さえ取り除けば掘り出せるんです。そうしたらイモがいっぱい出てきて、サツマイモも出てくるし、そこで「けっこうおいしいね」なんて言いながら、のんきに食べているのよ。朝はそのイモでおなかいっぱいにして、昼になったらやっと炊き出しの握り飯が一個出た。でも、そういうときって、おなかが空いたって感じないわね。夜はその辺で、「馬場さん、ご飯を食べにいらっしゃい」って、焼け残った家が呼んでくれて。

——家財道具は全部なくなっちゃったんですか。

馬場　全部ないですよ。でも、何とも思わないのよ、みんな同じなんだもの。残った家に家財道具がある人たちが箪笥を開けて、いろいろなものをくれたの。私は下着とか、スラックスから、運動着から、みんな、いろいろな人からもらいましたね。だれからもらったかも忘れちゃうくらい、もらった。そういうところはみんな助け合うのよ。「戦争だからしようがない」っていうんでね。
とりあえずは、焼け残った家に入れてもらったんだけど、一軒、みんな疎開して、老女が一人しか住んでいなかったガタガタで傾きそうなぼろ家が残っていたのよ。うちの継母は社交は巧みでしょう。いち早くそこに交渉に行ったのよ。「あのばあちゃんは一人で生きているから、われわれが一緒に住んでやったほうが安心だ」っていってね、そしてたちまちＯＫをとって住まわせてもらっていました。そうしたら、後ろの家に作家の大原富枝さんが住んでいたのよね。

――ああ、大原さんとお知り合いになったのはそういう縁だったんですか。向こうのほうが先輩というか年上ですね。大原さんはもう小説とか書いていたんですか。お隣に小説家のお姉さんがいるってことをご存じでしたか。

馬場　父に「お隣の大原さんにいろいろ文学のことを教わったら」と、専門部に入っているころに言われたけど。だけど、そんなところに行って、「こんにちは。お友だちになってください」なんて、言えないじゃない。向こうは大人で、こっちは子どもだから。ずっと後になって、私が『式子内親王』（昭44）を出したころ、「あなたの後ろの家にいたのよ」って、向こうからお電話をいただきました。あの人が『建礼門院右京大夫』（昭50）を書くときは、私がずいぶんアドバイスをしたの。

――じゃ、そのときはまだ、将来、物書きになる自分なんて馬場さんは全然念頭にないわけですね。

馬場　そうそう。何になるなんて、まだ考えてはいません。だけど、好きがちょっと高じていたことだけは自覚していた。ちょっと好き過ぎるなあ、人よりも本を読み過ぎている感じがするなあと思ってたけどね。

戦争に負けた日

――結局、そこの家で敗戦を迎えたんですか。

馬場　そうそう。今日は（正午から重大な）放送があるというんで家で聴いたんですけれど。何を言ってるのかわからないなあと思ってたら、父が「これは戦争に負けたんだ」と言いました。「どうなるの」って父に聞いても深刻な顔をするだけでした。

――だれもわからない。

馬場　わかんないですねえ。「だれかが何か言ってくるまで待ちましょう」と言うんですね。夜になって、「負けたんだから、もう電灯はつけていいんでしょうねえ」「いいんじゃないですか」となりました。電灯を覆っていた黒い遮蔽幕を取るわけ。すると、明るいのよ、六十ワットぐらいが。「明るいー」って大騒ぎよ。

そのうちに、焼け残った三階くらいの家で、ギターを出して弾き始めた人がいる。そうしたら、どこかの男が「バカヤローッ。日本が負けたのを知らないのか。非国民ーッ」と怒鳴ったの。「エーッ、非国民なの？」と思ったけれど、いきなり軽快な音楽を鳴らしたのは私も癪に障ったわね。この間まで生死の間をさまよっていたのに、なんだってあんなにギターなんか弾くんだと思った。

敗戦の年の秋、再生の虫の音を聴く

――八月、敗戦後、「長塚節歌集を読み感動し、一気に短歌数十首を作る」と年譜に書いてありますが、節の歌集はこの年に読んだんですか。

馬場　そうです。本はみんな空襲で焼けちゃったでしょう。歌舞伎好きの仲間に立岩李々《りり》という友人がいて、その人がくれたんです。彼女の家は築地で焼けなかったから。その人が「馬場さん、歌が好きだから、これ、あげる」って、長塚節の文庫をくれたの。それで本はそれしかないから、それを読んでいたのだけど、非常に感動したのよね。それも、はじめのうちは「つまんないな」と思って読んでいたんだけど、終わりのほうに、〈馬追虫《うまおひ》の髭《ひげ》のそよろに来る秋はまなこを閉《と》ぢて想《おも》ひ見るべし〉が出てくるんだ。

あれに至って、どうして泣いたかわからないけど涙が惜しみなくこぼれてきてね。焼けあとを自分が耕した畑でカボチャだとかイモだとかの蔓がはびこってるじゃない。空襲であそこまで深く焼けた大地になんで虫が鳴くのよ。ちゃんと八月末になるとコオロギが鳴いたりスイッチョや、いろいろ虫が鳴いたりするのね。「なんで生きていたんだ」って。うれしい再生ですよ。再生の虫の声を聴くわけ。

——　虫がお好きですよね、馬場さんは。こんなにと思うくらい、虫が出てくる歌集がありますね。このころからやはり虫は。

馬場　そう。やっぱり再生の声よ、コオロギなんて。〈髭のそよろに来る秋は〉、戦争ではないもっと大きな自然の力の秋が来てたのよね。

思想開眼の書、『茶の本』

馬場　さっき岡本かの子が出てきたけど、私の人生の中でもう一つ忘れてならないのが『茶の本』です。

――岡倉天心ですね。

馬場　そう。うちがまだ焼ける前、空腹をごまかすため畳に寝そべって読んでいたんですが、「琴ならしの話」という説話が出てきた。あの話は今も好き。ああ、これは東洋美学の真髄に触れたなあと思ったのですけどね。

あの中には本当におもしろい話がいっぱい出てくるのよ。例えば「酢の味見をする三人の者」、孔子と釈迦と老子が三人、お酢を入れた壺の周りにいるの。現実的な孔子は指を突っ込んで舐めて、「これは酸っぱい」と言う。釈迦が次に舐めて「これは苦い」と言う。最後に老子が舐めて「甘い」と言う。それがそれぞれの哲学であるということを説いているところがあるのよ。私の思想に対する開眼だったのね。

――あの時代の文化的な危機に対応して書かれた本ですね。原典は英語で。東洋的美学のアピールというか、西洋にのみ込まれまいとする意識のようなものがあった。

馬場　そういう意味では抵抗的なものですよ。それから、美文です。そのとき読んだのは空襲で焼けてしまったから、戦後買い直して読んだんだけれど、今も愛読書の一つね。

――馬場さんの中にも日本文化の守護者というか、そういうニュアンスを感じるときがあります。すごくわかりやすい言い方でいつも教えてくださいますね。日本文化の守護者という部分と女性の守護者みたいなところが結果的にはあると僕は感じます。

私の原点は戦争

馬場　若いころは根っこは、原点はどこかと聞かれて、「それは安保ですよ」と言ってましたがね、中年には、やはり戦争だと思うようになりました。しかし、このごろは、子どものときのことをよく考えますね。より原点的な力で、今を支えているもの。知らない間に植えつけられ、育っていた本性のようなものをね。

――そういうものを与謝野晶子は、本能と情熱と陶酔で乗り越えたところがあるけれど、馬場さんは自ら相対化して乗り越えたという印象があります。それから水原紫苑さんがどこかで書いていて、ぼくも記憶しているんですけど、馬場さんの何かのお祝いの会で、福島泰樹さんが朗読したとき、最後に「永遠のみなし児、馬場あき子ーッ」て叫んで終わった。

馬場　みなし児は、ある実感がありますね。年とともに係累が少なくなり、知友もいなくなる中で、いよいよね。孤独というのではないのです。感傷でもなく、老人なのにみなし児という〈孤〉としての生の感覚。母親がいなかったからでしょうか。

――絶叫した福島さん自身も一歳の時にお母さんを亡くされています。次回はいよいよ結社「まひる野」入会のころ、短歌との出会いについて伺います。恋愛のお話にもつっこませていただこうと思います。

学徒動員の頃、2列目右から2人目があき子。

昭和二十二年、短歌との出会い、能との出会い

敗戦後、軍の払い下げの校舎で

――前回は昭和二十年八月十五日、終戦のお話まで伺っています。今日はその後、どうなさったか。そこからお聞きします。とうとう短歌との出会いになりますね。

馬場　今の昭和女子大はそのころ、日本女子高等学院と言っていました。校舎は丸焼けで、昭和二十年四月に入学したわれわれは入学式もやってない。敗戦後、今の三軒茶屋にあった日本陸軍の何連隊だったかの兵舎を払い下げてもらった。陸軍の馬小屋が向こうに一列に並んでいて、こっち側が兵隊の宿舎で、室内には二段ベッドが並んでいて、そこが学校だという。

開校するための第一指令は、何だと思う？　学生は手拭いとや、っ、と、こ（くぎ抜き）と金槌を持って集まれと言う。それで兵隊のベッドを壊すのよ。われわれはマスクをして、頬っ被りをして、や、っ、と、こと金槌でカンカンカンカンッて、一台のベッドを四人くらいでいっせいに叩く。そして、「せーのッ」でガサーッと外すのね。すごい力が要るのよ。だって、大きなベッドの枠とかがついている。兵隊のベッドだもの頑丈もいいとこよ。それを剝がすと南京虫がビシーッとついている。

――南京虫ってゴキブリじゃないですよね。どういうのですか。

馬場　知らないの？　小豆粒くらいの大きさで、赤茶けていて、扁平な丸形で、ああ気持ち悪い。小っちゃい南京虫もいるんだけど、兵舎の南京虫は大きいんですよ、いい体の血を吸ってるから。そういうのがビシーッといるの。ヴォーーーッとするわけですよ（笑）。校舎が払い下げになったのは十月か十一月で、彼ら（南京虫）は暑いときに活動するから、くたびれてるのよ。それで、「先生、どうするんですか」と聞いたら、「小さい帚で掃き落とせ」と言う。ウワァーーッと言いながら、塵取《ちりとり》にみんな落として燃すわけ。そんなことをやって、兵隊のベッドだけは何日もかかって全部片づけた。フロアは泥だらけのところをバケツでジャージャー水を流して、ギシギシギシギシこすって、最後は雑巾がけですよ。それ、何日かかったかなあ。今だったら、専門の人を雇って、それでも何日もかかると思う。それをかよわき乙女がみんなやったの。

そこに小学校の余った椅子をもらってきて、並べて、十一月くらいからじゃないかしら、授業を始めたのは。はじめは机もなかった。

その代わり、兵舎だからお風呂があるのよ。それもきれいに掃除して。風呂に入れないでしょう。焼け野原（の掘立小屋みたいなところに住んでいるん）だから。学校が風呂を立てて、いくらかで入れてくれるのよ。「空き時間に入ってよろしい」というわけ。お風呂の券を買って、頭なんかもそこで洗ってね。慌てて着て教室に戻ったら『源氏物語』をやっているとか。そういうおもしろい時代ですよ。

――授業の内容はそれまでと、ころっと変わったんですか。

馬場　変わったかもしれない。だけど、私たちは幸か不幸か国文系でしょう。歴史じゃないから。大学の先生たちはみんな仕事がないから、すごい強力な教授陣が教えていましたよ。池田亀鑑先生の『源氏物語』、玉井幸助先生の『更級日記』、佐伯梅友先生の文法、など。でも、みんな食べ物がないから痩せていましたね。これは学外ですが、聴講にゆくと『万葉集』の森本治吉先生なんかいつ倒れるかと心配でした。

――歌人の森本平さんのおじいさんですね。

馬場　杖にすがっての授業でしたよ。そういう中で、やっぱりすごいものを教わっているのよ。例えば池田亀鑑先生なんか、「夕顔」の巻と『アッシャー家の没落』を比較文学的に話してくれたり。

――ずいぶんモダンなんですねえ。

馬場　それが戦後じゃないかしら。比較文学がこれから盛んになる。アメリカが入ってきてるし。だから、よし、ということだったんじゃないかしら。

――覚えているんですね。

馬場　覚えてますよ、やっぱり、それはもう。玉井幸助先生の朗読のみごとだったこと。今、玉井幸助先生みたいな朗読ができる先生はいないんじゃないかな。私はだから、朗読するときは玉井幸助流。非常に影響を受けたわね。もう解釈なんて要らないの。内容がわかっちゃうの、朗読を聴いていると。

――僕は、高校や大学で受けた授業なんて何も覚えてないから、何かが違うんですね。先生の名前もそんなにすらすら思い出せない。

馬場 そんな(笑)。そういえば、すごくおもしろいことがあったの。ある日、時間より早く終わって、池田亀鑑先生が「さあ、みんな。何でも質問したいことがあったら自由にお聞き」と言うの。これ、怖いんですよ。私の親友の女の子が「ハイッ」と手を挙げて、池田亀鑑先生が最も嫌がっている某教授の説を出してきたわけ。「先生と意見が違うのですが、これはどうでしょうか」。そうしたら池田亀鑑先生が真っ青になっちゃったの。青い顔で怒りだして、われわれはシューン。滅多に怒らない先生が怒ったのよ。私もあのときはびっくりして、滅多なことは言えないんだってことが初めてわかった(笑)。

――馬場さんはそのとき、学問とか古典とか文学に普通に親和性があった女生徒だったのか。それとも並はずれて意欲的で志があったのですか。

馬場 志はないけど、意欲的だった。おもしろくておもしろくてしようがなくて。例えばそのころのお昼はサツマイモ一本か二本なんです。おなかはみんなペコペコ。サツマイモ一本を新聞紙に包んで、国会図書館なんかに行くでしょう。朝行って、一本のサツマイモで夜の七時くらいまで、終館まで粘っていて調べたの。

そのとき、「尊卑分脈」「公卿補任《くぎょうぶにん》」とかを先生方から教わって、それを実地に見たいと思わない人もいっぱいいただろうけれど、私はそれがおもしろかったの。そのとき、系図のおもしろさというものを満喫した。今は何でも忘れちゃうのに、そのころは記憶力がよくて、一遍見たものってすぐ覚えちゃったのね。

――ひとりでずーっと図書館で自習するんですか。

馬場　そうそう。だって、学校には本はゼロなの。先生がいるだけ。卒論なり進級論文を書くには学校を出て図書館に行くしかないの。上野とか、焼け残っている町の図書館をいくつか学校で教えてくれるから、そこに行って勉強するわけ。それはなかなかたいへんなものでした。

昭和二十二年、「まひる野」に入会

馬場　昭和二十一年はそんなことでアッという間に暮れて、結局、そこで「第二芸術」論が出てくるけれど、そんなもの、どこ吹く風ですよ、私たちは何も知らないんだから。

――存在自体もまだ知らなかったんですよね。

馬場　知らないですよ。情報もないですから。そんなことよりも、昭和二十一年の三月に「まひる野」が創刊されました。すでにそのとき、小田切秀雄の「歌の条件」、臼井吉見の「短歌への訣別」が書かれていて、十一月に桑原武夫の「第二芸術」論が出るんです。私はそのとき、「まひる野」にも入っていなかった。翌年一月入会です。窪田章一郎先生、武川忠一さんくらいが、「第二芸術」論については考えていたと思うのだけれど。

――「まひる野」に入った経緯はどういうものですか。

馬場　簡単です。どこも雑誌が復刊してなかった。新誌が出たのが「まひる野」だった。今も「かりん」にいる伊藤妙子さんが、そのころ学友で、今の渋谷の東横（デパート）で「アララギ」と「まひる野」を買ってきた。「今はこれしか出てない。どっちに入ろうか」って言う。古いのはやめようやってことで、「まひる野」に入った。

――「まひる野」は二十一年に窪田空穂《うつぼ》が主宰で章一郎さんが編集発行という形で早稲田の学生を中心に創刊されたんですね。人数もその時点ではそんなにはいない。

馬場　なかったでしょうね。数えると創刊号に五十九人でした。

――「アララギ」とは全く違いますね。

馬場　でも、厚さは似たようなもの。紙も配給でね。そのころ紙を獲得するのはたいへんなのよ。岩田（正）みたいな若いのが、章一郎先生から指示された紙問屋に行って、印刷機にかける前の巻いた大判の紙を二人くらいで担いでくるの。それを印刷所に持って行って、「来月号はこれで印刷してください」って。すると、その印刷所が「これだと何ページだねえ」と言うので、「はい。じゃあ、何ページで何百部お願いします」と言って、何ページ分の原稿を集めるわけ。

――岩田さんはそのとき、早稲田の学生ですか、章一郎さんの教え子ということで。

馬場　そうそう。岩田は兵隊に行ってたのよ。名古屋の自動車隊に入ってた。終戦の年に帰ってきたのよ。

――馬場さんが女学生で入られて、男女比というか、女性っているんですか。

馬場　当時の「まひる野」には章一郎先生の学生やら、兵隊帰りやら、みんな二十代よ。武川忠一さんだけが二十八、九で、リーダー格どころか、もっとえらそうだった。戦争にも行ってなかった。そこに森川平八というガチンガチンのシベリア帰りがいました。それから岩田正、クロダカズユキ、鏑木賢一というのが三羽烏だったんだけど、当然戦後的思想、それをシベリア帰りの森川さんが洗脳するのよ。今見ると、かなりひどいことばっかり言っている。

例えば昭和二十二年ごろ、土岐善麿が学士院賞を取って、天皇家に呼ばれて御馳走になった。それを聞き知った三羽烏と武川さんたちがおっとり囲んで、「学士院賞なんかなぜもらった。ああいうところからあなたの学問が評価されたのがそんなにうれしいのか」って、みんなでもって土岐善麿をいじめているの。

―― 大先生ですよねえ。

馬場　そう。こっちは二十代。六十代の土岐善麿をぼこぼこにやってるわけ。土岐善麿が「いやあ、君、自分が懸命にやった学問を褒めてもらうということはありがたいことだ。これは当然のことです」って、言っている。それで、「言いたいことはいっぱいあるけど、それはわかったことにしましょう。だけど、天皇のところに行って、なんか食べたでしょう」って。

―― 「奢ってもらったでしょう」みたいなノリですよね（笑）。

馬場　われわれが食べられないようなものを食べたに決まってるじゃないの。そのころ、われわれは豆とかしか食べてないわけでしょう。そんなとき、「天皇家に行って何を食べた！」って、やってるのよ（笑）。善麿は「だって、君、君たちが僕を、よく学問をしたと言って、ライオンで一杯飲ませてやるって言えば、ありがとうよと言って、僕は行く。だれだって、それで御馳走してくれるって言われれば行くのが当たり前じゃないか」。「いや、天皇家でしょッ」てことを言って、ぼこぼこにやっている。

――リベラルですね、そんな会話が成立すること自体が。

馬場　いや、大人は自信をなくしちゃってるの。だから、学生の天下。

――それにしても土岐善麿といったら、偉い人ですよね、当時。

馬場　土岐善麿は昭和二十四年に六十四歳。大家の貌《かお》をしていた。空穂が七十二歳。私は二十一歳でした。

喜多流に入門

――「まひる野」に入会されたのと喜多流に入会されたのは同じ年、昭和二十二年ですね。

馬場　同じ年で、同じ月なんです。いっぺんにうわーっといっちゃったのね（笑）。

――劇的ですね。馬場さんがその気持ちに至る、敗戦からその運命を摑むところが知りたいと思います。

馬場　私が入門した喜多実も、他の大人たちと同じように、やはり自信をなくしていました。アメリカが、神様の能をやっちゃいけない、敵討《かたきうち》もやっちゃいけない、侍が刀を抜くものをやるなって、何をやっていいんだかわからなくなっちゃっているわけ、みんな。女のものしかやれないんだから。

――喜多流に入門された動機は実際にお能を観て感動して、自分もこれをやろうと思われたからですか。

馬場 そう。国文学の生徒だから、「隅田川」を観なさいということで、「隅田川」のテキストを一応読んでいったわけでしょう。私たちは「子どもを人攫いに攫われたからって追っかけてきた女が、江戸の隅田川で子どもが死んでたことがわかって、泣いて終わりだなんて、単純な筋だな」と思ってね。私はやはり、『空想より科学へ』（フリードリッヒ・エンゲルス）とか、そういうのを読まないと男の子の会話に加われないから、お能に行っても舞台はろくに観ないで、一生懸命そういうのを読んでたの。

そうしたら、音もなく何かが目の前に来たから、パッと顔を上げたら、もうすさまじい顔をした囃子方が、自分の命と恃む道具を捧げて音もなく出てきているのを見て、ハッと思ってね。この死に物狂いの顔は観なきゃいけないと思った。

――わかったんですね。

馬場 そうそう。そこへ出てきた、シテは行方不明の子をたずねる母です。曲見《しゃくみ》という中年の女の面を見ると、私は子どものころ母がいなかったから、育ててくれた伯母さんが賃仕事で縫物をしながら、疲れたときにほーっと向こうを見てた顔と同じ顔をしているわけじゃない。ああ、なんか、このお母さん、悲しそうだなと思って、言ってることはさっぱりわからないけど、観てたわけね。

そして、小さい子どもが亡霊として実際に登場するのをとうとう抱きすくめることができなくて、再び帰っていく。そのときに、「人間、憂いの花盛り」「生死長夜の月の影」ということばが耳に残りました。謡《うたい》もよかったし、特別聴こえたんでしょうね。なんてすばらしいことばだろう。

終わって、橋掛かりをすーっと帰っていく姿を観ながら、あの女の人、これからどうやって生きるんだろう、「人間、憂いの花盛り」だなあってことが非常に心に深く残ったの。

同時に、子どもを捉えられなくなって、子どもがついに墓の中に消えたら、あっちこっちから女たちのすすり泣きが聞こえたの。今だったらだれも泣かないと思う。だけど、そのころ子どもを戦争で死なせた女たちは日本にゴマンといた。そこにもそういうお母さんたちがいて、思わず泣いちゃったのね。ああ、昭和二十年代ってこういう時代なんだなあ。これからシテはどうやって生きていくのだろう。ここで泣いた人もどうやって生きるのか。自分自身も憂いの花盛りの世の中に、勉強してどうなるんだろうというのがすごく身にしみたのね。そして喜多実という人の能に感銘を受けて、すぐ入門しちゃった。速いのよ、決断が(笑)。月謝はどうなのか、支度はどうなのかも知らないまま。

――女性が入門するって、一般的なことなんですか。だって、男のものですよね、そもそも。

馬場　そうそう。どこの流儀にも女弟子がいるけれど、本当の弟子ではない。戦前は大金持ちや昔の殿様だった人なんかのお嬢様がやったものでしょ。だから、お嬢さん芸なのね。お嫁にゆく時になって、お茶やお花と同じようにやめたものよ。戦後はその素人稽古が残っていたのね。

喜多実という人はめったに出会えないすばらしい人でした。土岐善麿は二十年もやった観世流をやめて喜多流に転向したのよ。観世流の御曹司の観世栄夫も観世から喜多に芸養子に入っちゃったというくらい、喜多実という人は魅力的な人だった。私もね、ぞっこん惚れ込んじゃったんです。この人のためならば一生無駄にしてもいいとまで思ってね。

――馬場さんにそう思わせるなんて、すごいですね。何がそんなにすばらしいんですか。

馬場　実先生は五十歳近いハンサムな方でした。私は十八、九でしょう。圧倒的なオーラが出ているんですよ。紺地の縞の袴を穿いていらした。座って、ハッと見られると、もうシューッと小さくなって、顔も上げられないくらいでしたね。

――もちろん、芸もすごいんですね。

馬場　私は好きだった。喜多実のことを弟子を育てるのはうまいけど、自分の芸はそれほどじゃなかったんじゃないかと言う人もいる。だけど、先ほども言いましたが観世栄夫が「実メソッドを習いたくて、僕は観世流を捨てる」と断言して喜多実の家に脱出してきたくらいなんです。話し合って交渉成立して、喜多実のお兄さんの後藤得三の芸養子ということで落着したの。戦後だからですよ、そんなことができたのは。

だって、兵隊から帰ってこないものはいっぱいいるし、のちに国宝になる粟谷菊生さんはハルマヘラというところにいて、チョウチョやトンボを食べていたと言うのよ。「俺に任せてみろ。チョウチョやトンボを一発でとってみせる」って。捕まえたものを水で洗ってギュッと潰して、そのまま食べちゃうって。そういうのが帰ってくるわけだから、みんなすごい剣幕よ。

お稽古の後、庭を眺めている実先生と一緒に昼飯を食べるのよ。私は内弟子みたいに朝から行ってるんだから。稽古して、ご飯を食べて、また稽古をして、離れがたくて夜まで一緒にいるのよ。「もう能は滅びるかもしれない。何流でも一つ残ればいいんだ」って。そういうことまで言わせるくらい、衰微していたの。

装束は焼けちゃってる。面も焼けちゃってる。舞台はない。残っていた舞台は今の横浜能楽堂になっていますけど、それが駒込にあったのね、染井舞台といいました。それ一つと、多摩川に（観世）銕之丞《てつのじょう》家の舞台があったのと、壊れそうな山本東次郎家の舞台と、三つしか残ってなかった。でも、五流あるでしょう。上演するなんてたいへんなことなのよ。そんななかで、実先生の稽古を受けることだけが命。

――月謝はどうしてたんですか。まだ働いてないですよね。

馬場　働いてないのよ。どうしてたんだろうねえ。親が今の日本橋室町に事務所だけ持ってたから、お小遣いをくれたんじゃないかしら。何をやっていたか、親がやっていることは、なんか禁忌みたいなもので、泥棒をやってるかもしれない。「お父さん、何やってるの」なんて聞けない時代よね。あとはアルバイトもしていました。皿洗い、小学生の家庭教師なんかやって零細なものをもらっていたんです。疎開していた本が戻ってきたのを片っ端から売って稽古代にしちゃったり。

――昭和二十二年は、あとから考えるとすごい年ですね。喜多流に入り、同時に「まひる野」

に入ったということは、ほぼ馬場あき子の人生がその年に決まるというか。

馬場　その通りですよ。それは章一郎先生はじめいい師匠に巡り会ったこと。喜多実の周辺を離れることはないと思っていましたね。

――歌と能をやるというのは歌人の伝統としてあったんですか。

馬場　ない。

――でも、善麿はそうだったんですね。

馬場　そうね。ちょうど同門だったから、私は。

――例外的なことなんですか。

馬場　富小路禎子《とみのこうじよしこ》はお姫様《ひい》だったから、お姫様の教養として観世流をしていました。(戦後は)没落して、その日に食べるのさえやっとなのに、なぜか稽古だけはやめなかった。稽古の魅力と、あの人の先生も偉い先生だったから。武田太加志さんでしたか。

芸事の優れている人は人格も優れている。西洋の芸術論と日本の芸術論の違いはそこにあると、私はそのころ思いましたね。西洋の芸術論は人格なんかよりもその人がつくりあげたフォルムと美を問題にしている。けれど日本の芸術論は型の芸術。型というものはだれがやっても同じなの。だのに違う。何が違うのかというと、その人が持っている教養、人格、人間性、そういうものが滲み出るのよ、型を通して。だから、その人が高潔であれば高潔の芸になるし、ダメな人はやっぱりダメなのよ。そういう人間論とかかわってくる。質ね。その人間の質の高さが芸を決定する。それはもう、若いころ、わかった。これが日本の芸術論の西洋と違うところだなということがね。

戦後はね、これからいかに生きるべきかなんてことはだれも教えてくれないし、本を買ったって戦前のことしか書いてない。どうやってこれから生きていくんだろうというのを私はまさに世阿弥に教わったといえます。

「短歌という器は小さい」のか

――一方で、「まひる野」の左翼的民主主義的なムードがあり、もう一方で、今おっしゃったような、古くから連綿とつながる日本の型の価値観があり、馬場さんはまだ少女で、両方に同時に身を置かれていたわけですね。

馬場　そうなの。混沌としているわけよ、頭の中は絶えず。

――どっちにも惹かれるということですか。

馬場　どっちにも惹かれるというか、どっちかといえば左翼のほうに多少無理に惹かれている。

――これからはこれなんだって。

馬場　そうそう。しかたなくやったんじゃないかな。「まひる野」にも、岩田、鏑木、森川、クロダというつわものがいて、武川忠一さんだって左だったんだから。昭和三十年代の半ばくらいまではそういう左こそが正統だった。

――結社によって全然違うんでしょうね。

馬場　「まひる野」は、その人間主義的な文学観に加えて思想的な一面も強かったですね。昭和二十年代は。

——空穂とか章一郎さんの思想はそんなじゃないでしょう。

馬場　「まひる野」は若手中心だから。空穂系でも「国民文学」「槻《つき》の木」「沃野《よくや》」とか、そういう意味ではのんびりとしていたのでは。空穂は変な人で、若者が育つと独立させて、顧問になって、また若手が育つと独立させるという不思議な人だった。

——独立させるとは、雑誌を持たせるということですか。

馬場　そう。「国民文学」「沃野」「槻の木」などは空穂が独立させた。

——その時点で馬場さんは空穂としょっちゅう会うような感じですか。

馬場　いや、ないですね。だって、空穂は林圭子さんという後添えに助けられて、別棟に暮らしていらした。

——ずいぶん長生きでしたよね。

馬場　亡くなったのは昭和四十二年、九十歳でした。

——じゃ、「まひる野」のそういうところに顔を出して、指導するような感じでは、もうないんですね。

馬場　一年に三、四回はお会いします。お正月とか庭の桜が咲いたとき、ちょっと出ていらしたり、編集会議の後にちょっと顔を出されて、短い文学的なお話をされた。

――会って、すごい感激、みたいな感じにはならないんですか。

馬場　やさしい、温かみのあるおじいさんだもの（笑）。私は変なおじいさんが好きだから、一番前にしゃしゃり出て、目を爛々と輝かせて見ている。空穂はむくつけき男をみるより妙齢の女を見たほうがいいから、「それでな、お前」って、いつも私の顔を見てくれるの。

――怖い人じゃないんですか。

馬場　いいえ、やさしい人よ。すごくやさしい。包容力の深ーい、懐の深ーい人だったの。それはもう「おじいちゃん」と言いたいような人。刻みの煙草を詰めた煙管《キセル》を持って、私たちの幼稚さをよく笑う。「まだ、お前なんかなんにもわかっちゃいないんだよう。はあ、はあ、はあ」って笑うのよ。

――短歌の話とかは空穂はあまりしないんですか。

馬場　しますよ。お出ましの時は必ず、講話をしましたね。話術もなかなかでしたが、それより大きな人間に接しているよろこびがありました。総合誌も「歌人研究」が流行《はや》っていましたね。今、見ると「文明研究」「空穂研究」「茂吉研究」「白秋研究」「沼空研究」もありましたね。そういう戦前世代の人の研究がずっと連載されていますよ。私たちも「空穂研究」をやったけど、今やっておかないと、若いものがわからなくなっちゃうんじゃないかという不安が、それこそ四、五十代の男性たち、評論家や学者たちにあったんじゃないかしら。

だから、今見ると、過激な評論は後ろのほうにおかれていて、前のほうには「空穂研究」。あっちでは「白秋研究」がね。ちゃんと「茂吉研究」も盛んだったし。けっこうバランスをとってたということがわかる。

――ジャンルが生き残るために新しく尖鋭的に変わろうという力と、このままだと今まで大事だったものが消え去るから、それを守ろうという両方のベクトルに行くんですね。

馬場　でも、そういうふうになったのは、二十一年十二月に、桑原武夫と小野十三郎がいちばん強い印象ですけれど、両者が二回か三回ずつくらい、「短歌否定論」をやっている。武川さんはきっと読んでいますよね。岩田たちにもきっと話はゆきわたっているけど、実際に読んだかどうかはわかりません。「世界」という雑誌は刊行するとすぐなくなっちゃって、また私たちはお金もないから、買おうなんて思わないのよ。

だけど漏れ聞こえてくるのは「たいへんなことを言っているぞ。短歌のようなデレデレした、ウエットな抒情というものは、戦後は廃止しなければならないんだそうだ」とか。そういうのを耳学問で聞くわけね。へえ、抒情はダメなんだ。これからは抒情ではなくて、論理、知性、知識、そういうものでいくのであって、ドライ、ドライでした。武川忠一さんがよく言っていた。「近代の超克」なんていう大テーマを真剣になって考えていた。

ところが戦後、力を増したのはアメリカ文学ですよ。アメリカがそこに入ってきて、だんだん、近代の超克のほうよりもアメリカの影響が大きくなっていきます。

片方では田村泰次郎の『肉体の門』が書かれる。あれは昭和二十二年よ。そんなのを読んでるわけ。歌なんかよりはるかにおもしろいからね。小説のおもしろさに比べれば、当然短歌という器は小さい、そこにヨーロッパの近代を取り入れても、短歌という鉢は割れてしまう。大きい木は鉢には育たないという、あの短歌滅亡論が死神のように折々取り憑いてね。

戦後はたくさんの死者が出た後ですから、死と生とは何かと大テーマとして論じられやすかったけれど、ある時から、急激に、能や歌舞伎にも、芝居にも、踊りにも、さまざまなものがジャンルを超えて交流できる時代が見えてきたんです。

それはすごい時代だったと思う。昭和二十三年、太宰が『人間失格』を書いて、その年に（インドの）ガンジーが暗殺されて、その年の六月に太宰が死んで、翌年がすごいんですよ。下山事件、三鷹事件、松川事件が相次いで起きる。アメリカがやったんだということは、そのときからささやかれていて、一体、それは何だったのかというのが本当に謎ながら、不気味。そういうときに黒沢明の（映画）『羅生門』（昭25）が出るのです。あれは（芥川龍之介が書いた）「藪の中」と合わさっているからね。藪の中なんですよ、当時そのものが。アメリカのやっていることと日本の政府のやっていることとが。それが昭和二十五、六年ころまでの混沌とした状況だったんじゃないかしら。

――ありがとうございました。今回は短歌、能との出会い、まさに馬場あき子の人生を決めたともいえるような重要なお話を伺いました。次回は大学卒業後から第一歌集『早笛』刊行くらいまでのお話を伺います。

日本女子高等学院時代。2列目、左から2人目があき子。

第一歌集『早笛』刊行のころ

朝から夜までフル回転

――前回は、昭和二十二年に「まひる野」と喜多流に入会されたことを中心にお話を伺いました。今回は、大学卒業後から第一歌集『早笛』刊行くらいまでのお話を伺います。

馬場　二十三年に二十歳で日本女子高等学院（現・昭和女子大学）を卒業して、私はアスベストの会社に就職しました。なぜかというと、学校に優れた人形劇団テアトルプッペを率いていた英語の先生がいたのですが、その先生が私を劇団にほしがっていたらしいんです。それで、その先生のおじさんがやっていたアスベストの会社を紹介されました。

ところが、そのアスベストの会社は貿易もやっているものだから、電話をとると「ハロー、ハロー」でしょ。それから何を言っているかさっぱりわからない。

ある日、学校に行って、「先生、やっぱりあの会社はだめです。私は英語がしゃべれないから、あそこに居られません。今、どこか学校は空いてませんか」と言ったら、戦後最初の民主化運動がおきて、旧職員の排斥運動も起きて、職員間の衝突があって、先生が半分辞めちゃって困っている学校があるから、そこにいってくれないかと言われた。それが東京都世田谷区烏山にあった岩佐高等女学校です。私は中学校と高等学校と兼務でやって、一週間二十四時間も持ってた時期があります。その時期の教え子が一人「かりん」にいます。瀬木志津江という歌人です。

—— 何を教えてらしたんですか。

馬場 国語と古典と。そんなことをやっていて、給料が安いのよ。初任給が一か月二千二百円なのよ。

—— わからないです、そう言われても（笑）。どんな感じですか、それは。

馬場 昭和二十三年、私も、もうわからないわ。ただ物価はぐんぐん上がる時代だったから、半年に倍になる。給料が上がることは上がるのね。一年に千円ずつくらい上がって。

—— それは上がり過ぎじゃないですか（笑）。

馬場 そうなんですよ。二千円、その次の年が三千円。けっこう上がるけど、それでも食べるのがやっと。昼間、学校へ勤めて、夜学に通ってたの。月水金は香川栄養学園、お料理を習いたかった。

—— え、お料理に興味があったんですか。当時の花嫁修業じゃないですか。

馬場 そうそう。戦争中、豆とトウモロコシばっかり食べてたんだから。それが駒込の近くにあったから、染井能楽堂に近いので、火木土は今の文化服装学院の夜学部に通ってた。

—— へえ、それも花嫁修業ですか。

馬場 そうよ。洋服ぐらい縫えなきゃしようがない。

—— 能のお稽古をして、「まひる野」に行って、洋裁と料理を習って、学校で教える。寝る時間がないじゃないですか。

馬場　寝なくたって平気だった。

――馬場さんは今も短いですよね、睡眠時間は。

馬場　そう。それでちっとも疲れないの。

――どうしてでですか。

馬場　わからない。まだ勤務規定が整っていないから授業が終わったら帰っていいのよ。そうすると、自分の授業が三時半に終わったら、「すいませ〜ん、失礼しまーす」ってパーッと帰っちゃう。麦畑のなかを烏山の駅まで走ってきて、ぽんと電車に飛び乗って新宿から駒込のほうの栄養学校に行って。そうすると、四時半には着くでしょう。二時間半のクッキングクラスを受けて、七時ごろ駒込に行って舞を習って、先生と一緒に九時半ごろ稽古場を出て、うちへ帰って十時半。

――うちの人に「帰りが遅い」って、叱られないんですか。

馬場　うちは放任主義だから、こそこそっと入っていって、しかも、そのころは戦後すぐだから、焼け残った家に二所帯同居でした。

――その時点でまだそうなんですか。知らない人と住んでいるんですね。

馬場　近所の人だから、知ってるけどね。

そんなようなことをやっていたら、親がミシンを買ってくれたんです。服装学院からは宿題が出るんです。それでガタガタガタガタ、夜中にミシンを踏んでるの。そういうことをやって、けっこう楽しんでた。

「まひる野」の〝左〟の青年たち

――昭和二十七年に結婚されて、三十年に『早笛』を出されますが。

馬場　そうなんだけど、そこにいたるまではまだたいへん。

昭和二十四年に長沢美津とか葛原妙子、斎藤史、生方たつゑ、五島美代子たちが「女人短歌」を創刊したの。これはちょっと衝撃で、どうするんだろう、「女人短歌」だから、私も入ったほうがいいんじゃないかと考えました。土屋文明、窪田空穂、土岐善麿なんかが、「人民短歌」にずーっと入ってたから、そこに私も一年くらい入ってたんです。でもそこをやめて、「女人短歌」なら入るべきかな、どうしようかなと思った。だけど、戦後せっかく民主主義になったのに、女だけが集まってどうするんだろう、そうだ、やめたと思って、入らなかったのです。

――明治生まれの当時の第一線の女流ですね、この人たちは。

馬場　本当、そうですね。その翌々年に釈迢空の「女人の歌を閉塞したもの」が出るんです。知ってましたけど、読んでいません。みんなから聞いてるだけで。

――「まひる野」の外部の歌人とつき合いが生じるのはいつごろからですか。

馬場　第一歌集が出てからです。

――じゃ、「青年歌人会議」（超結社「青の会」を母胎として昭和31年5月11日に発足）とかが最初の外部との接触ですか。それまでは「まひる野」の内側の話ですか。

馬場　そうです。内側です。だけど、戦後民主主義の興隆期なのに、私は右の女だと思われていたようです。だって、稽古帰りの姿のまま、袴を穿いて駆け付けて先生の隣に平気で座るなんてことをしていましたから。先生には可愛がられました。他の会員からは、悪ーい女が来たと思われてた（笑）。

——　後輩はいないんですか。

馬場　まだいなかったです。私がいちばん若くて、空穂会に行ったって、男ばっかり。

——　じゃ、選びたい放題ですね。そのなかで岩田正さんがいいと思ったのはなぜですか。美形だからですか。

馬場　うーん。残っちゃったの。あのころ早稲田の学生がいっぱいいましたね。それらはみんな消えてしまいました。いちばん包容力があって人気があったのがクロダカズユキね。これは「青年歌人会議」までいました。時評がうまくて、「ギララアの今後」なんて書くわけ。いつまでも右から書いている「アララギ」の今後、ということよ。「まひる野」に。あとは、橋本喜典がいたんだけれど、私より遅れて入って、同じ歳だけれど、結核を患っていたので病気だから出て来なかった。しかしこの方は小学校が一緒。一級下のいたずら坊主でした。

——　そういう布陣のなかで、岩田さんはどんな存在だったんですか。

馬場　左よりの文学青年ね。

——　そればっかりですね（笑）。でも、お坊ちゃんですね、岩田さんって。

馬場　岩田さんは女性が好きでね。そのころの「まひる野」の女性から、「岩田さぁん、岩田さぁん」って（言われて）、喜んでたわ。あまり深いつき合いはなかったようだけど。

――左だから（笑）。

馬場　民主主義という意識は当たり前でしたから。しかし、その後、だんだん左の論は表に立たなくなっていく。なぜかというと、二十五年を境にレッドパージが起きる。日本史年表には「二十五年七月、レッドパージ」と書いてあるけど、二十四年ごろからアメリカのレッドパージが始まっているの。岩田は都立工芸高校で、もうマークされていたらしいんですが、岩田って変に純情なところがあって、そこの教頭が「岩田は純粋なやつだから、助けてやろうじゃないか」っていうことになって、教員が全部、連名して、教育庁に嘆願に行ってくれた。

――人徳ですね。

昭和二十七年、岩田正と結婚

馬場　岩田との出会いはそのころなんですよ。昭和二十五年でしたが、土岐善麿の「実朝」という新作能が上演されるので、駒込の能楽堂へ、章一郎先生はじめ、「まひる野」の十数人が観に行きます。そこで初めて知り合った。

――知り合ったって、それまで知らなかったんですか。

馬場　ことばを交わしたのがそのとき初めて。

――それまでしゃべったこともなかったんですか。

馬場　しゃべったかもしれないけれど、意識はしていなかったと思う。私は二十七年に結婚したのかな。つき合ったとなると、しょっちゅう手紙が来たり。

――少年みたいですね、岩田さんは。今でも少年だなと思う瞬間があります。

馬場　とても純粋でまじめな人です。

――岩田さんは結局、才能があったということですよね。歌人として残ったわけだから。馬場さんのお話にそのころの「まひる野」の男性歌人の名前がいっぱい出てきても、僕らでも知っているのは武川さんと岩田さんくらいですからね。

馬場　才能があり過ぎる人は消えやすいこともありますよね。

――短歌ってそういうところがありますね（笑）。

馬場　私より若いすぐれた人がその後、どんどん入ってくるでしょう。みんな才能があったの。だけど、ありすぎてダメになる。

――それはわかります。僕も同世代で、すごいなと思ってた人ほど、どこかにいなくなる。不思議なジャンルだなと。なんでなんですか。よくわからない。

馬場　だけど逆に言えば、例えば塚本邦雄がいくら小説を書いたって、歌人としてしか残れない。じゃ、岡井さんは詩人ですかと聞かれれば、いや、歌人ですって言うでしょう。

寺山修司にしてからが歌人なのよ、やっぱり。劇作家としては天井桟敷では残っているけれど、あれは演劇運動の一環として残るわけでしょう。「田園に死す」なんかもすごくいいし、「毛皮のマリー」だっておもしろいけれど、だけど、時代が移ると、珍しさの魅力になってゆく。ところが、寺山の短歌って、『空には本』『血と麦』『田園に死す』やっぱり寺山は歌人ですと思うわけよね。

昭和三十年、『早笛』出版の経緯

――第一歌集の『早笛』をまとめるとき、どんな感じでしたか。自分でまとめようと思われたんですか。あのころ、そうはいかないでしょう。

馬場　それはいかない。でも、とてもありがたかったの。「まひる野」全体のなかで、クロダカズユキですよ。彼が「岩田君、君の奥さんだけど、あれ、出そうじゃないか」っていう話をしてくれたの。

というのは、斎藤茂吉が死んで、迢空が死んだあと、歌壇がものすごく寂しくなっちゃって、角川書店が『短歌』を出すのが二十九年でしょう。中城ふみ子が「乳房喪失」（昭和29年4月第一回「短歌研究」50首選に入選）を出した後（同名歌集は同年7月刊行）、三国玲子がいちはやく歌集『空を指す枝』（昭29・5）を出すんです。寺山修司が「チェホフ祭」（昭和29年、第二回「短歌研究」50首詠入選）。翌年から、三十年代には、続々と中城の『花の原型』（昭30）が出て、河野愛子の『木の間の道』（昭30）が出る。新人として順序どおりに言えば、中城ふみ子、三国玲子、馬場あき子、河野愛子、四人出たわけ。それで、その後、大西民子『まぼろしの椅子』（昭31）、北沢郁子『その人を知らず』（昭31）、富小路禎子『未明のしらべ』（昭31）、山中智恵子『空間格子』（昭32）、清原令子『海盈たず』（昭32）、松田さえこ『さるびあ街』（昭32）など、どっと出るの。

――『早笛』を出された時点ではその人たちと面識はないんですか。

馬場　全くないです。『早笛』を出した直後に「青の会」（91頁参照）というところから怪しい手紙が来る。

――そこで初めてみんなを知るわけですか。

馬場　そう。ぶるぶる震えながら行きましたよ。恐ろしくて。

――結社の中で歌集を出す順番とかあるでしょう。

馬場　たしかにね。武川さんが先に出さなきゃいけないのに、クロダさんが煽動したというか、時機を感じたんですね。「今、女が出すべきだ」と。

――えっ、武川さんのほうが後ですか。そんなこと、許されるんですか。

馬場　だから、そこが戦後民主主義時代の結社なのよ。とにかく、そういうのが許されたの。クロダさんが「今は若手の女が出さなければ光らない」と。

――ずいぶんリベラルですねえ。

馬場　日比谷図書館のチーフだった人なんだけど。岩田は結婚したてだけど、結核で休職になってたの。二十七年に結婚して、すぐ倒れてしまって。それで、馬場を出そうということになったんだと思う。一生懸命になってくれた。どうしようかとクロダさんと相談して、宮柊二の『群鶏』という歌集がきれいだから、あれをモデルに作ろうというので、全部手作りで、印刷屋から出しているの。表紙は、私の学校の美術の先生にお願いしました。お金ないから「二色しか使っちゃだめだ」と言ったんですが、字は空押《から》しだから、一色しか使えない。「じゃあ、もう黄金分割しかしようがない」って、白の隣に赤を入れただけの歌集を三十年五月に出したんだけれど、なんと四月に中城ふみ子の『花の原型』が出ているのよ。

――本人はもう亡くなってますね。

馬場　そう。『乳房喪失』の後、『花の原型』が出て、私はその翌月です。出すの恐ろしいですよね。評判にもなにもなるはずがない。すでに三国玲子の『空を指す枝』は評判になっていましたし。

――どうしてですか。

馬場　だって、「アララギ」の現実的な歌い方で、洋裁で生計を立てている歌でしょう。

――三国さんは「アララギ」なんですか。

馬場　鹿児島寿蔵の「朝汐」の代表選手ですね。鹿児島寿蔵のところから二十九年にこんな若い女の歌集が出たのかと思うでしょう。だから、どこもが、今は女を出すしかない、というのが結社の方向だったんじゃないですか。

――おもしろい現象ですね。でも、重圧がありますよね、「まひる野」代表ということですから。

馬場　中城の歌は賛否両論で、近藤芳美さんは否定していた。（第一回「短歌研究」50首詠の選考で）近藤さんは「石川不二子がいい」と言い、大きな落差があったの。中間に宮柊二さんがいて、ともかく中城が一位。でも、（二席入選の）石川不二子の支持率は一〇〇パーセントで、女王様でした。

――石川さんは嫌悪感を持たれる作風では全然ないですからね。好感度が高い。

馬場　清新で、好感度の高い作品です。石川不二子の「円型花壇」は角川『短歌』昭和三十三年二月号の巻末付録になっています。

そこに生活を如実にうたった三国玲子の『空を指す枝』が出てきた。「これはいいじゃないか」ということになった。そして、河野愛子の『木の間の道』も。どちらも私より年上で、戦後を生きた切々とした大人の女性の哀歓がありました。それに対して私はまだ二十代で、人間だけは元気あって出したんだけど、『空を指す枝』とか『木の間の道』のおっとりした、大人の歌風とは違って素人の歌風だったと思いますね。

まっすぐな第一歌集

――でも、要素としては学校の少年をうたう歌があり、能の歌があり、恋愛から、今でも評価の高い厨歌があり。この歌集で惹かれるのは雷魚の歌、〈一尺の雷魚を裂きて冷冷と夜のくりやに水流すなり〉ですね。

馬場　あの歌はまだ早く、二十四年に「まひる野」に発表しているんです。わりと早くからそういう歌も作ってはいたんだけれど。

――あれって、結婚後の歌かと思ったら、違うんですね。

馬場　そうです。

――イメージとしては新妻が雷魚を裂いている。

馬場　結婚前のだからですよ。いろいろ失恋しながら作ってるから。

――失恋の歌は歌集には入ってないんですか。

馬場　そう。入ってない。

――初期の歌は捨てたと書かれてましたね。

馬場　下手だし、悪いから（笑）。

――現代にはなくなった配慮ですね、それは（笑）。そこがやっぱり馬場さんの魅力ですよね。

馬場　女房になろうと決意したの。

――かっこいいですね。

馬場　私、母親がいなかったでしょう。だからかな、何にだってなるのよ。

――何にだってなる、ですか。この第一歌集のまっすぐさは本当にすごいと思うんです。第一人者になった人で、第一歌集がこんなに初々しい例って他にあるのかな。馬場さん以外では、塚本さんが『水葬物語』（昭26）の前の初期歌篇を後から出したとき、あっ、本当はこんな人なんだって衝撃でした。あれも非常に初々しいですね。だから、逆に後年あそこまでガチガチになれたんだということがわかった。実は塚本さんと馬場さんが一番、まっすぐというか、純粋なんですね。

馬場　出すたびに歌風が変わっていくでしょう。もっと違うのをやるぞ、もっと違うのをやるぞって。私は第二歌集の『地下にともる灯』（昭34）のときは社会派と評されて、これが最後で、あと十年間のブランクがある。

―― これは後の話になるけれど第三歌集からですからね、馬場あき子になるのは。だから、今回の連載の（タイトルである）「表現との格闘」が出てくるんだと思うけれど、みんなもそこが聞きたい。最初から完成して出てきた人の話はあまり参考にならないんですよ、聞いても。

馬場　そうかしらねえ。

―― だけど、馬場さんに至っては、第二から第三まで十年あって、そこで馬場あき子になるプロセスがあるじゃないですか。

馬場　全く。人間的にもね。

―― 今日の話題ではないけれど、四十四年に第三歌集『無限花序』が出て、『式子内親王』が出て、その二年後に『鬼の研究』が出て、そこがやはりすごくて、そこの秘密を聞いていきたいですね。どういうプロセスを経て、そこまでできたのか。

序文は空穂ではなく土岐善麿が

馬場　実は、この第一歌集を出すとき、大失敗しているの。というのは、窪田空穂が前から私の歌をとても愛してくれていて、章一郎先生には「この歌集には俺が序文を書く」と言ってくださっていたの。そんなこと、私は露知らないわけよ。

ある日、稽古場で土岐さんにねだって、「序文を書いてくださ い」って勝手に言ったの。土岐さんが「いいよ」って言ってくれて、歌集の初校ゲラを土岐さんに渡しちゃった。土岐さんが書いてくれた序文が、章一郎先生のところに届いて、びっくり仰天された。章一郎先生に叱られて、というより真っ青になって、「君、これ、どうしたの」って。私は、「土岐さんが好きだから、稽古場で頼んじゃいました」と平あやまり（笑）。

――で、どうなったんですか。

馬場 そこが空穂が偉いところと思うのだけど章一郎先生はそのとき、仕方がないから、「僕が跋文を書く」って言ってくれました。土岐さんの序文一本で出したら、「まひる野」から出る歌集にならない。それで、章一郎先生が跋文を書いてくださった。そうしたら、空穂が「僕が『まひる野』に書く」って言ってくれて、『早笛』の特集で空穂が巻頭を書いてくださった。泣きますね、これは。その時、章一郎さんの真っ青になったのは今でも忘れられない。怖かったですよ。

――空穂は大きいですね。事前に、原稿をまとめる過程でだれかに相談したり、岩田さんと膝を突き合わせて考えたことはなかったんですか。

馬場 そこが戦後なのよ。要するに、自分で組み立てたでしょう。岩田が「これでいいや」ってクロダさんに見せたでしょう。クロダさんが「これでいいや」って、ポンと印刷屋に入れてしまった。

――怖いですねぇ。一つ間違えればどうなっていたかわからない。

馬場 本当、破門ですよ、破門。でも、破門できる相手じゃない。書いた人が土岐善麿だから。それ以来、土岐善麿が私にすごく冷たくなったの。どこからか、「本当は序文は空穂が書くはずだったんだ」と伝わったんだろうね。

でも私は空穂の弟子ではなく、窪田章一郎先生の弟子というより仲間なのよ。あのころはみな、同人誌じゃないの。まさに「まひる野」は同人誌なの。そこに顧問みたいに土岐善麿がいたり、空穂系のおじいさんたちもいたのよ。だって、私が頼んだら、土岐善麿は「おう、そうかい」で書いちゃった。

――会ってみたいな、土岐さんに（笑）。

ケンカに終わった出版記念会

馬場　出版記念会は大隈記念講堂でやりました。そのときの顔触れは、時のそうそうたる青年歌人たちです。発起人になってくれた中野菊夫、佐佐木治綱、大野誠夫、山田あき、「まひる野」の武川さん、そういう人々がやってくれたの。古い空穂の結社が戦後初めて、「まひる野」という若い歌誌を出し、そこから「女の歌集を出したらしい」というので、もの見高く五十人くらい集まってくださった。石黒清介さんを先頭にね。そして、みんなでこれを叩き始めた。
会の前に、「酒がなくちゃ」というのでそのころはまだ調達がたいへんで、酒屋が、酒はないけどブドウ酒があったといって、一升瓶二本のブドウ酒を売ってくれた。大隈記念講堂のほうでもビールを何本か。日本酒もどこかから調達したんだ。それらをまぜこぜに飲んだもんだから、みんなおかしくなっちゃって、出版記念会がケンカになっちゃった。

司会をしていた武川が、「岩田ッ、俺はやるぞッ」と言って、何をやるんだと思ったら、ケンカを始めちゃった（笑）。補佐役の岩田も「俺もやっていいか」って言ってさ。「まひる野」はそういう点では論客が揃ってるじゃないの、レッドパージにあって沈黙していたのが、「まひる野」攻撃になってきたから烈火のごとく怒った。

―― 外部の人はだれも擁護してくれなかったんですか。

馬場　山田あき一人。序文を書いてくれた土岐善麿は「まだこれからの歌人で、海のものとも山のものとも」なんていうような言い方で、「僕が書いたのでは『魚裂く歌』だけだね」という話になっちゃう。石黒さんは「こんなものはどこのあき子だって詠める歌で、今さら歌集にまとめる必要はない」とか、みんなで好き勝手言ってるのよ。

私もだんだん癪に障ってきてね。内部から手を挙げて、わんわんわんわんと大騒動の出版記念会で、みんな酒にくたびれて、お開きになる。最後に著者の挨拶のとき、また私がバカなことを言ったの。「皆さんの厳しい御批評もさることながら、私はみんなが読んですぐわかる歌ならば、それでいいと思います」「私のＰＴＡの方は読んでみんなわかってくれました」とかって。それでみんなが「文学じゃない」と言って、すごい終わりになったわけ。窪田空穂の名代で奥さんが来てくれて、渡辺順三がその隣に座っていて。

―― 年上のおじさんばっかりですねえ。同世代の外部の人って来ないんですか。

馬場　それは武川さんとか岩田たちの同世代が来ている。石黒さんは短歌新聞を作りたてのほやほやで三十歳くらい。私自身が二十七歳。武川さんたちが三十代。発起人もみな三十代なのよ。それがケンカしているの。いやあ、ああいう出版記念会はいまだかつて体験したことがないわね。

――テープレコーダーはまだないころですね。写真はないんですか。

馬場　並んでいる写真だけあります。私の隣に山田あき、左隣が土岐善麿、渡辺順三でね。今でも岩田もときどき言いますよ、あれはすごかったなあ。武川忠一が司会してるのに、「俺、やるぞ、岩田」って言うんだよなって（笑）。

――僕が写真で知っている山羊みたいな穏やかな風貌とそのキャラクターが結びつかない（笑）。

馬場　私は武川さんからはかなり睨まれていたところがありますね。やっぱり序文事件以来ですかね。でも私はすごく鈍感で、睨まれていることに気がつかなかった。こっちは武川さんが好きなのよ。何でも「忠さん、忠さん」って、すぐ横に座るけど、「あんたはなあ」って、彼はいつも迷惑そうな顔をするんです。可愛がってもらったけど批判者だった。

――逆に見る目があったんですよ、それは（笑）。

馬場　なんかそういうところがおもしろいわね。あの人としゃべっているときが一番おもしろい。まあ、今日のところはここまでですね。

――次回は「青年歌人会議」から。いろいろな人が登場しますね。

岩佐高等女学校教員時代、後列中央があき子。

人生の転換期(1)

『地下にともる灯』の時代

―― 前回は、第一歌集『早笛』を出され、その出版記念会でけんかみたいになったというところまで、昭和でいうと三十年、馬場さんが二十七歳のときまでのお話でした。その後、三十一年に「青の会」「青年歌人会議」に参加され、三十四年に『地下にともる灯』を出されましたね。今回はそのあたりのお話を伺いたいと思います。

馬場　そうですね。「青年歌人会議」の人たちとつき合いが始まって、塚本邦雄論などを聞くようになったけれど、あのころ、塚本邦雄というのをどの程度の人が理解していたか。岡井隆さんの歌なんかも、なかなか「まひる野」の人たちにも理解できてなくて、岡井さんの〈渤海のかなた瀕死の白鳥を呼び出しており電話口まで〉（『土地よ、痛みを負え』昭36）、ああいう作品を私が解説したことがある。

―― （第二歌集『地下にともる灯』を手にとって）これが実物なんですね。初めて見ました。

馬場　それ、篠弘さんの装丁です。（篠さんの勤め先の）小学館に行って、なるべく過激な工事現場の雰囲気があるものを探してもらいました。篠さんにずいぶんお世話になりました。そのころの、いかにも堅実な先端的な表紙でしょう。何となく労働っぽい。

——黒と赤の配色って、ロシア・アヴァンギャルドやバウハウスなんかもそうだけど、革命の色なのかなあ。

馬場　黒い中で火を燃やしている。昭和三十四年でしょ。地下街がどんどん開けていった時代ですよ。私はそのころ、婚家が渋谷から玉川電車で上馬という所にあり、そこに住んでたんですけど、渋谷の地下なんか開発されて、蛍光灯が点《とも》って、ああ、すごいなあ、地下に青い灯がともるーって、そういう時代。

そのころは組合なんかがすでに分裂を孕んでいて、そういうなかで俗に、勤評、と呼ばれていた勤務評定が始められ、半数以上の教員が大反対したのよね。

その前に学テ闘争というのもあったわね。全国学力テスト、今は当たり前になっているんでしょ。私たちは反対していたの。つまり、地方も中央もなく、そんなものを一つの問題でランク査定するなんてとんでもない間違いだということを主張していた。

そのころの、つまり戦後の教育の理想は人間教育だった。他人の痛みがわかり、自分のこともきちんと主張できる、そういう人間を作りましょうというのが、根本にありましたよね。歌集の「あとがき」を読むと、その当時のことがわかると思います。

道徳教育をホームルームでやりましょうとか、別に道徳の時間を作って教えましょうとか、そういうのを教員たちは極度に恐れていて、戦前の道徳教育、修身というのをやるんじゃないかって。

研究会も職員会もそこで分裂する。そういう悲しみと同時に、一方では高層ビルがニョキニョキ立ち上がり地下が掘られて青い灯がともって、そこで食品を買ったりなんかする。いたるところ、鉄骨が空高く組まれていくわけです。そういう鉄骨の空間や、その向こうに夕焼けが映っている風景とかを見て、ああ、世の中が変わっていくんだと実感した。

――それは希望のイメージなんですか。

馬場　希望というより、未知の日常が始まる予感。高いビルの中には、われわれの生活が豊かになるという希望があるけれど、職場では自由さがなくなってゆく。毎日毎日が組合の勉強会であったり、闘争スケジュールの何かだったりして、大変な時代なのよ。それに合わせて安保闘争がかかってきている。

だから組合は、今日は安保、明日は学テ、明後日は道徳、その次はって、毎日毎日、そういう闘争で明け暮れ、家に帰るのが遅くなる。それがちょうど『地下にともる灯』の時代なんです。

新旧の仮名遣いに苦しむ

――この歌集は新仮名表記になってますね。

馬場　そう。このときから新仮名にしたのは、生徒に新仮名を教えているから、ある責任を感じていたのね。そのために新仮名を覚えるのがけっこう大変だったのよ。

―― 馬場さんは新仮名を後から覚えた世代なんですね。

馬場 そうです。先生がまず覚えなきゃ教えられないもの。生徒もね、中学生になるまで旧仮名でやってきたのに新仮名を覚え直すわけでしょう。とても大変で。

―― 馬場さんの中には新仮名への抵抗感みたいなのは別にないのですか。

馬場 ありますよ。しかしそのころって、「新しい」といえばそれがテーゼになっていく時代ですよ。

―― 「善なり」ですか。

馬場 矛盾はあるけど新仮名、これでいく。自分が教えている仮名遣いを自分が使わなくてどうするというので、歌集も新仮名にしたの。そして、この新仮名でずーっと、昭和六十年に第八歌集『晩花』を出すまで苦しむわけですよ。自分の歌に合わないのよ。この第二歌集のころまでは、まあ合ってるんだけど。この後、十年、空白があるでしょ。十年経って『無限花序』（昭44）を出すとき、新仮名で書けない歌が出てくるわけ。

「ちょう」は絶対、漢字で「蝶」と書く。チョウチョのことを「てふてふ」じゃおかしいじゃないの。「あはれ」も、「あわれ」と書かなきゃならない。だから、「あはれ」なんて、書けないことばは使わなきゃいいと言って新仮名にしたんだけど、だんだん新仮名に自分の歌が合わなくなっていく部分が出てくるわけね。それがとても辛くて、昭和六十年に『晩花』を出すまで苦しむわけ。

―― わあ、長いですねえ。

馬場　長いですよ。いったん決めたんだからと思ってがんばるわけですが、がんばりきれなくなったのが昭和六十年。つまり古典にもう一遍、立ち帰り始めたころ、やっぱり古典のことばを捨てられないなら、旧仮名を使っていいんじゃないかと。でも、今また、口語が入ってきているので、また苦しいわけよ（笑）。

（一九四六《昭21》年に）文部省が罪なことをやったのよ、新仮名遣いというのをね。でも、日常的には新仮名でいいんじゃないかな。そして結局、詩のことばは手垢に擦れている日常的な仮名遣いでなくてもいいんだという苦しい言い訳をしながら、また旧仮名へ戻ったわけ。

――もうその時点では旧仮名が古いものみたいな感覚すらなくなっていて、昭和六十年代になると逆に詩語として新鮮に見えるくらいになってきた。

馬場　そう。そして、若い人が妙に旧仮名におもしろさを認めている。今、新仮名でがんばっているのが佐佐木幸綱さんね。

結社を超えた「青の会」

――話は戻りますが、昭和三十～三十一年の「青の会」と「青年歌人会議」はどういう関係ですか。

馬場　簡単な関係です。「青の会」は角川『短歌』の編集長だった斎藤正二さんが、一つの新しい時代を開く端緒になればいいと思って、そのころの新人を少数精鋭で集めようというので（昭和三十年二月十日付けで出された案内状で）二十五人に呼び掛けた。

【編註＝安騎野志郎（前登志夫）・阿部正路・新井佐次郎・石川不二子・上田三四二・大塚陽子・岡井隆・川口美根子・清原令子・国見純生・島田幸造・滝沢亘・玉城徹・塚本邦雄・築地正子・寺山修司・馬場あき子・真下清子・松田さえこ（尾崎左永子）・松野谷夫・武川忠一・山口智子・吉田漱・吉野昌夫・若林のぶ】

でも、二月十六日、角川書店の会議室に集まったのは（阿部・石川・岡井・川口・国見・馬場・松田・松野・武川・山口・吉田）十一人でしたね。実際に集まれる人はごく少数なわけ。地方の人も入れているから（この会合で「青の会」という名称が決まり、メンバーは先の二十五人に田谷鋭、吉川禎和の二人が追加され、二十七名でスタートします）。

―― 超結社というようなことばとか概念はそのころあったんですか。今はよく言いますが。

馬場 うーん。そういうことばはなかったけれど、意識はあったのね。

―― 結社を超えて集まろうって。

馬場 そう。「結社を超えて」ということが第一目的でした。でも、もっと大きな、全国的な組織にして、優秀な人をもっと集めようというので、「青の会」を解消し、（同年六月一日）半年くらいの短い間に「青年歌人会議」に切り替わっていく。

斎藤正二さんは半年くらいのうちに角川からいなくなり、中井英夫さんが入ってくる。「青年歌人会議」はその端境期に生まれたことになるわけね。

【編註＝メンバーは「青の会」の二十名を中心とした四十四人。安騎野志郎（前登志夫）・阿部正路・石川不二子・上田三四二・岡井隆・川口美根子・清原令子・国見純生・島田幸造・滝沢亘・塚本邦雄・寺山修司・馬場あき子・松田さえこ（尾崎左永子）・松野谷夫・武川忠一・山口智子・吉田漱・若林のぶ・岩田正・大西民子・草野比佐男・上月昭雄・椎名恒治・谷繁嘉彰・太宰瑠維・富小路禎子・中里久雄・中森潔・橋本喜典・菱川善夫・藤田武・三国玲子・森山晴美・山本茂雄・吉田弥寿夫・川口常孝・北沢郁子・京武久美・篠弘・関原英治・田垣晴子・田井安曇・森川平八】

――集まってきた人たちは、各結社の親分に事前に、「今度、こんなのに行きます」って断ったんでしょう。

馬場 言った人はダメになったかもね。

――えっ。許されないんですか、やっぱり、そのころは。

馬場 たぶんね。私たちは知らんぷりして出てきちゃったから。

――窪田章一郎さんに言わなかったんですか。

馬場 言わなかった、私は。

――そのほうがまずいでしょ。あとあと、どうせばれますよね。

馬場 うん、でも叱られなかった。

――どうしてでしょう。

馬場 いや、どうしてか。やはり「まひる野」は民主的だったのよ。「行きたいなら行ったらいい。

結社を超えて、みんなと会ってきたらいい」というので、中心になったのは出席率がよかった「未来」と「まひる野」です。「青年歌人会議」になってからね。

――　戦後の若い結社が主力ですね

馬場　そうです。戦後の若い結社ですよ。だから、「コスモス」は許されなかったでしょう。島田修二さんだけが参加したの。「青年歌人会議」になってからは「未来」からの参加者が多かったですよ。河野愛子、川口美根子。岡井はもちろん、田井安曇、吉田漱。「コスモス」では田谷鋭、島田修二ですよ。「まひる野」は武川忠一、岩田正と私と、橋本喜典、篠弘。「未来」と「まひる野」が六、七人ずつ入っていた。地方の人は来られないから、かなり。

――　塚本邦雄、前登志夫なんて入ってたんですか。

馬場　入ってましたね。

――　山中智恵子さんは。

馬場　入ってますね。あと、寺山修司。寺山はしょっちゅう来てました。「未来」の吉田漱さん、「まひる野」の橋本喜典とかが事務所をやってました。

厳しい勉強会だった「青年歌人会議」

――　「青年歌人会議」はどれくらいの頻度で集まってたんですか。

馬場　毎月。

――そこで何をするんですか。

馬場　勉強会。だれかが発表者になって、討議する。塚本邦雄論とか、岡井隆の。

――同時代の勉強ですか。

馬場　そう。そうじゃないのもやりましたよ。白秋と茂吉はやりました。宮柊二研究、近藤芳美研究、そこまで行ってますね。

――雰囲気はどんな感じなんでしょう。

馬場　真面目で、怖い……。

――和気藹藹《わきあいあい》という感じではなく、緊張したムードですか。

馬場　そう。緊張してました。女の人は発言しなくて、男の人が渋く、「いや、それは違うでしょう」とか、「僕はそうは思わないなあ」とか言う声が聞こえるわけです。

――だれに発言権がある感じなんですか。

馬場　そりゃ、篠さん、岡井さん、武川忠一さんなどなどでしょうね。行方不明になった山本茂雄さんや、吉田漱さんはよくやってましたね。

――みんなで顔を合わせて、親睦めいた勉強会をして。

馬場　親睦というよりは、厳しい勉強会よ。女の人は、私の記憶ではほとんど発言してない。ただ、茂吉をやったときなんか、「佐太郎は」なんて、尾崎さんが何か言ってたかもしれないけど、私たちは黙ってましたね。大西さんの発言したのも聞いたことがないし、私もしないし。なぜだろう。

やっぱり男の人が旗を振るということに慣れていた。自分の単独の意見は多分弱い意見だろう、特別な発見じゃないんじゃないかと。例えば空穂とか章一郎とか、そういうものは取り上げられないわけですから。そうすると「まひる野」出身である私なんかは、他社の、例えば「未来」の人がいっぱいいいるところで、茂吉だとか何かについてものを言うのはちょっと引け目があるわけよ。

―― それは今でもわかります。向こうのほうが専門というか。

馬場 角川『短歌』で茂吉の座談会を、岡井さん中心で、私も加わって、やったことがあるんだけれど、そのときはすごい緊張して出ましたよ。他の系譜、結社のことを言うことに対してはすごい緊張がありました。

―― 今よりも師系が強いわけですね。

馬場 師系というんじゃないのね。あそこはとにかくリアリズムの系譜であると。写実に対する勉強は、もちろん子規のものなんか読んでるし、茂吉のも少し読んでるし、赤彦も少し読んでるけど、やっぱり本当の勉強をしてないいんですよね。本もないし。

―― まだこの時点でそうなんですか。

馬場 そうです。だから、短歌史をふまえての篠弘とか、武川忠一とか、岡井隆、吉田漱とかがしゃべるのを聞いている。耳学問をしているわけ、女の人は。

―― その集まりは最後、どうなるんですか。

馬場 「東京歌人集会」にまたしても解消していくわけ。みんなが「もう、僕たち、青年でもないだろう」と言って、いつごろだったかな、わりと早いですね（編註＝昭和三十三年十月解散）。
三十八年の豊島園のフェスティバル（現代短歌シンポジウム）は「東京歌人集会」でやったと思うなあ。「フェスティバル律」（昭39・6）は当然、「東京歌人集会」ですからね。数年やりました（編註＝昭和三十四年三月二十三日の臨時総会をもって解散）。「東京歌人集会」に発展するというとき、女性の間には、入れてもらえないんじゃないかという脅えがありましたよ。

――へえ。メンバーはだれが決めるんですか。

馬場　知らない。つまり、女の人はそういうときに参画しないわけだから、何となくだれかが、集まって、やったんじゃないのかな。富小路禎子さんなんかと「新しい集会に発展するんだってね。今度、私たち、抜けるんじゃないの」すると富小路さんが甲高い声で言って、「いいじゃない、抜けたって」とか、騒いでいた覚えがあるなあ。

安保闘争後の余波

――その数年で馬場さんはだれか、特別に親しくなったとか、そういう人っているんですか。

馬場　女性歌人たちと親しくなりましたね。大西、富小路、北沢、尾崎、安永、山中、そういう人たちとの仲間意識がつよくなりました。

「前衛狩り」って岡井さんたちは言っているけれど、歌壇が前衛短歌に与《くみ》した人たちを排除した時期があります。

三十五年から三十八年の間にすごい変化が来るわけなんですよ。例えば安保闘争の後、岸上大作が、『意志表示』（昭36）を残して死ぬでしょう（昭35年12月5日）。また筑波杏明《きょうめい》は機動隊長として学生に向かいながら、「かかれッ！」という号令をしなかった、ただ一人の機動隊長なのよ。それによって、安保後、警視庁から外れるでしょ。そういう二つの象徴的な歌集が『意志表示』と『海と手錠』（昭36）なんです。そういうなかで、岸上は安保の象徴的な人間として終わった。筑波も安保のそういう象徴的な人間として一つの歌集をまとめた。

私は『地下にともる灯』で社会派の女流と言われたけれど、本当に社会派だったのかどうかを自分自身で疑いました。確かに毎日毎日デモに行っていました。それが、職場でも問題になり、六〇年安保が終わると、学校から「あなたはもうこの学校に十何年いたから、職場をかわりなさい」と言われたんです。そして、文京区立五中から、渋谷の原宿中学にかわることになった。

そこのところで、渋谷の教育委員に呼ばれて「あなたは婦人活動家として認識されているけれども、渋谷にかわるに当たっては組合から脱退しなさい」と言われたの。「なぜですか」と聞いたら、「渋谷はあなたの活動を認めません」と言われたの。「どういうことでしょうか」と聞いたら、「あなたはもう文京区には居られません。渋谷が受け入れてあげます。しかし、組合に入るということを認めません」と。「じゃ、組合費だけ払ったらどうですか」「それもいけません」。「そうですか。職を失うわけにはいきませんから、とにかくそういたします」と言って原宿中学に入った。そのときの教育委員のことはやはり今でも忘れられませんね。

そこで、どうも自分の職歴は危ないということに気がついた。中学校はダメだから高校に出ようと思って、高校の試験を四回くらい受けました。三回受かったけど、二回採用には落ちてるの。受かった年の高校に転出できる期間は一年です。その間に運動して、校長先生にも気に入ってもらって、「あなたを採りましょう」という確約まではいくのですが、その晩、電話がかかってきて、「あなたを採れなくなりました」と言う。なんでだろうと思ってましたが、あとでわかったのですが、けっきょくあの安保の日々の勤務評定だったのよ。

そこでいろいろありましたが、最後に赤羽商業高校に出してもらうの。そこのところは一つの、本当に大きなドラマなんだけど。実は先年（平13）亡くなられた、歌人の川口常孝さんが少し力を貸してくれたんです。

そのころの赤羽商業は定時制なのよ。夜の学校だから、昼間、勉強をして、絶対、何かやろうと思ったんです。だから、それはとてもいい刺激だったんだけど、自分の職歴にどうやら何か書いてあるらしいということはわかりました。そこの何年間かが自分の転換期になったわけです。昭和三十七年から八年へかけてですね。

昭和四十年前後の恩人たち

馬場　でも、年表の昭和四十年を見ると何も活動してないのよ、『女流五人　彩』という合著の歌集を出した以外。その前の三十九年も、遊んでいるわけ。寺山もみとめていた竹内健という演出家と、その主宰する表現座の詩劇を作ったり、能のスライドを作ったりして。その前の三十八年を見ても、角川『短歌』編集長の冨士田元彦さんに「橋姫」という主題制作を一本出してもらっただけなの（同誌十一月号掲載）。三十八年以来、私はジャーナリズムと結びついた活動が絶えているわけ。

そういう中で、自分が何をしていたかというと、多く芸能の世界に遊びながらも、その中から何か、見つけようとしていました。そのころに影響を与えてくれた一番には村上一郎さんがいました。これは私にとっては忘れ難い人です。

前登志夫の『子午線の繭』（昭39）が刊行されたので集まって激励しようという会が東京でありましたが、そのとき、私は出られなかったんだけど、村上さんから電話がかかってきた。「今、こういう会をやっているんだけど、あなたは出ないんですか」と言うから、「今日、私は学校があるので出られません」「残念ですねえ。僕はあなたの歌が好きです」と言って、私の歌を何首か電話口で諳んじてくれました。そんなこと初めてだったので感動しましたね。そして、「一遍、会いましょう」ということになって、村上さんと会うことになったの。

――村上さんとは、会ったことがなかったんですか。

馬場　なかったです。塚本邦雄の「ハムレット」（「律」3号掲載の共同制作詩劇）なんかをやるようになって、演出家の竹内健さんと親密になり、表現座の役者に能のメソッドを教えてくれと言われて、それはもう得意とするところだから、場所さえあればできます。そこで擦り足とか、足拍子の踏み方とか、扇の使い方とか、そういうのを教えました。能の中に「語り」という場面があるんですが、例えば「八島（屋島）」の短い「語り」や名乗りを教えました。一人一人語らせるというような、特訓を一年間やったりして、けっこう楽しく私は遊んじゃってた。

そのなかで、芝居をやろうということになって、「般若由来記」（昭43）というのを書いて、五月に農協ホールで上演するというようなこともやっていました。けっこう好評だったのです。

もう一人、恩人になるのは、「フェスティバル律」の前からだけど、深作光貞さんですね。片山貞美、前田透たちと「泥の会」を発足させた方ですが、お父さまが法曹界の方で、資産家でいらしたらしい。本人は仏文でしたが、竹内健もフランス語が達者で、しかもなぜか二人とも、日本の古典に興味を持っていました。私から能の話とか芸能の話が聴きたいのです。

よく深作さんの家に遊びに行きました。カンボジアの遺跡、アンコールワットの資料を山ほど持っていて、写真を広げて、いろいろと説明してくれた。深作さんはお父さんが亡くなって、その当時のお金で何百万円かの遺産が入った。それと、茅ヶ崎に百合御殿と称する別荘を持っている。そういう人のところにはいろいろな人が当然集まりますよ。竹内さん、寺山修司さん、中井英夫さんもよく来ておられた。深作さんのマンションにしょっちゅうそういう人が出たり入ったり出たり入ったりするなかに、なぜか私がいたのね。

おもしろい場面もいくつも見ました。例えば、寺山さんと中井さんが賭けポーカーをやるところをね。勝ったときの寺山さんの、札の取り方の手の速さ。パッと取ってポケットに入れるところとか。

茅ヶ崎の百合御殿はいい日本家屋で、そこに行くと深作さんが裸になって、カンボジアのサリーなんかを巻いて、「どう、僕、これ、似合うでしょ」なんて言って出て来る、それをみんなでおもしろがって、お酒を飲んだり。そこで私は芝居のラストを書いた。気に入らないで、竹内が少し変えたりして、何とか上演にこぎつけた。そのころの私が力にしていたのは、一番は深作さん、それから竹内さんです。そして竹内さんによって上演した「般若由来記」を観に来てくれた村上さんが、私に接近して、「あなたに紀伊國屋新書を頼むことにしたから」と言い、私自身はびっくり仰天したんだけど。それも、何と、五月十五日ですよ。忘れもしない、新暦と旧暦と違うけど、以仁王《もちひとおう》の反乱が起きたのが治承四年五月十五日なのよ。その晩に「あなたに以仁王と式子という本を書いてもらいます」という注文が来て、私は興奮したの。レジュメを書いて持っていったら、すぐ通った。昭和四十三年九月にレジュメが通って、あっという間に書いたなあ。翌年の一月に初校を出し、三月が刊行。それが『式子内親王』なんです。

そんなような、（歌壇ジャーナリズムから）ちょっと干されているときに、それだけの不思議な広がりができたの。

――紀伊國屋新書ですか。寺山の『戦後詩：ユリシーズの不在』（昭40）と同じかな。

馬場 そう。岡井さんも出している。金子兜太との詩論『短詩型文学論』（昭38）を。

――後には須永朝彦さんの『鉄幹と晶子』（昭46）、山中智恵子の『三輪山伝承』（昭47）とかもかなあ。なぜ、あの時代、あの新書にそういう流れがあるのかと思ったら、村上さんが差配していたんですね。

馬場　それから、竹内健も『ランボーの沈黙』（昭45）を書いている。岩田も『釈迢空』（昭47）をそこから出させてもらっている。村上さんはそのころ、歌人にものを書かせ始めた人だったのよ。

——村上さんと紀伊國屋書店はどういう関係ですか。

馬場　紀伊國屋書店と関係のあった桑沢デザイン研究所に勤めながら、新書の、ある部分を受け持っていたのね。

——だから、あんなに短歌関係の、それも、みんな若い時期の、最初の本に近い形で出されているんですね。どれも力の入った本です。

馬場　そう。いい仕事をしたんですよ。あれはよかった。今もああいう人がいればいいのにね。

——それが昭和四十年代前後ですか。

馬場　そうね。『式子内親王』ができたのが四十四年だから。

——村上さんは後に自死されるわけですけれど、深作さんや竹内さんはその後、どうなるんですか。

馬場　それがね。深作さんは京都精華短大に教授で行って、最後は学長までなったようですね。そうそう、そのころ名古屋でシンポジウムがありましたが、その帰り、どこかでしゃべっていたらおもしろくてね。旅館を取って、泊まろうということになった。寺山修司さんは部屋を取っている。われわれは帰るつもりだから、部屋を取ってないの。そのころはテーブルの部屋がなくて、大きな広間を借りて、おもしろくて、しゃべっているうちに、電車がなくなって帰れなくなったの。それでもう、ここで夜明かししようということになった。

寺山さんは「俺は今日が〆切の原稿をやっているから」と言って二階へ行ったけど、みんなは、ここで雑魚寝をしようということになったんだけど、二十分もしないうちに寺山さんが下りてきて、「やっぱり俺はここがいい。みんなで、ここにいない奴の悪口を言って夜を明かそうぜ」って、さんざん毒舌を吐いて、明け方の一番電車で帰ったという、すごく楽しい思い出もありますね。

そのころの人たちって、談論風発、もうそこで泊まっちゃう。私より若い人はよく永田（和宏）さんの家に泊まった話をするけれど、私たちは泊まるような個人の家がなかったから、そういうところで泊まるのは平気だった。

――そんなことをやっていて、お姑さんとかに叱られたりしないんですか。

馬場　幸いにも、昭和三十八年、ひばりが丘の団地に出ちゃっていたのよ。このひばりが丘へ出るときの話は本当に面白いのよ。

青年歌人会議の頃。前列右より岩田正、あき子。
武川忠一、森山晴美、岡井隆、富小路禎子らの顔も見える。

人生の転換期(2)

昭和三十八年は人生の転換期

――前回は、昭和三十八年が人生の転換期であったと伺いました。今日は、そのころの話をさらにくわしく伺います。

馬場　三十七年に、家を出る決心をしたんですね。何がいやということではないのよね。家には、お舅さんに、お姑さん、親切にしてもらっていました。ただ交際の広いにぎやかなところで自分の仕事はできないと思ってしまい、下着や洋服をこそこそと風呂敷に包んでおいて、ある夜、お舅さんとお姑さんの前で手をついて、「私はこの家を出させていただきます」と言ったの。

――え、じゃあ岩田さんはどうなっちゃうんですか。

馬場　びっくり仰天していました。そばにいたわよ。

――岩田さんには相談なしですか。

馬場　しなかった。

――それはひどい。ガーンってなるじゃないですか。

馬場　だって、相談したら大変じゃないの。親戚中、集まって、「あき子が出たいと言っている」で、大騒ぎになってしまう。これは考えに考えた私の脱出作戦だったのよ。

原宿中学の時代だけど、同僚に一人、気軽な体育の女の先生がいたの。その先生に、「どこか住むところを見つけてくれ」と言ったら、「うちの近くの荻窪でよければあるわよ」「いいわね」で、そこに行って、自分の貯金通帳から下ろしたお金で敷金を入れて、小さな六畳一間のアパートに箪笥と戸棚だけ入れて、布団も買って、そうしてから、お舅さん、お姑さんの前に手をついて、「これでおいとまをさせていただきます」(笑)。

――みんなどういう反応だったんですか。

馬場　呆れかえっていました。ただ、ゆっくりしてはいられない。こういうときは向こうがびっくり仰天して、何か言う前に出ちゃわなきゃダメでしょ。そこで、電光石火、風呂敷包みを抱えて「本当に申し訳ありません」って、出ちゃったの(笑)。

――へえ、岩田さんを置いて。

馬場　岩田は、いつでも職場に来れば会えるし、理由はあとで話せばいい。

――旦那さんがいやになったわけじゃなくて、環境がいやだったんですね。

馬場　そういうことになりますね。私も離婚されたら、それで仕方ないと思いつめていたので歌壇に配る転居はがきまで刷っちゃった。

――大騒動じゃないですか、歌壇は。

馬場　身軽で暇だから、「そら、馬場が離婚したッ」ということになったわ。

――そう思いますよね、それじゃ、みんな。

馬場　そうしたら、岩田が一週間に一遍ずつくらい私のアパートに来て、そのうちに居着いちゃったのよね（笑）。

――荻窪の狭い部屋で二人で暮らしたんですか。

馬場　そう。家を出るのは暖かいときに限るから、秋に出て、正月はそこで迎えました。その間に歌人の川口常孝さんに相談して、「2DKくらいの部屋を見つけて」って言っておいたら、見つかったの。でもそこがいわくつきの家でね。よく聞いたら、「実は殺人があったところなんだ」と言う。私はそれを聞いたとたんに、ワハハと笑って、即座に「いいよ、そこで」と言ったわけ。「だって、どこの家だって一人くらい、だれか死ぬ人はいるんで、葬式は出したんでしょ」「まあね」という具合だったわね。

どういう殺人かというと、「殺されたのはおばあちゃん。お金を借りた人が返せなくて、腰ひもで絞め殺して押入れに入れておいた。それがばれて捕まった。そういう家だから、夜、幽霊が出ると言われていて入居する人がいない。それでもいいか」と聞くから、「幽霊が出るはずないわよ。押入れはお祓いをしてるんでしょ。じゃ、いいじゃないの」で、見に行ったら、何ということもないので、「うん、ここでいい、ここでいい」で、入ることにしました。二月の末に学校も暇になるから、われわれは、「人はどこだって死ぬんだから、そんなこと言ったら戦場なんか幽霊だらけよ」なんて言って、その家に引っ越していったわけ。

――岩田さんは知ってたんですか。

馬場　岩田に言ったら、「いいじゃん、そこで」って、平気だったの。何事もなく、そこで十三年、暮らしました。

――うーん。でも、ちょっと考えますよね。自然死と自殺と殺人では、それぞれ違うような。

馬場　だけど、今の世の中と違って、住宅がない時代なのよ。だから、たまたまタナボタみたいに空いてた家に殺人くらいあったっていいじゃないの。一も二もなく入っちゃった。

――その後の馬場さんの人生はすごく順調でしたね。

馬場　そうなのよ。何事もなく人生は順調。死者の魂が乗り移ってくれたかも（笑）。

――ひばりが丘に入ったのが三十八年で、それから十何年、そこにいらした。まさにブレイクする時期ですね。「昭和三十八年の正月、荻窪に一人で行ったときが私の人生のどん底だった」という文章があって（「さくやこの花」など）、でも、その後、ひばりが丘団地の殺人のあった家に入れてとてもうれしく、そして、高校も転出がかなって、三十八年が実人生上の転換期だということをいろいろなところで書いていらっしゃいます。

馬場　そう。三十八年が転換期なんですね。赤羽商業高校に行ったら、新しく採用されたのが全部、安保の凶状持ちだったの（笑）。下村道子があとから入ってきて、また三枝昻之《さいぐさたかゆき》が入ってきて。

――つまり左の運動をしたということですか。

馬場　そうそう。たいしたことじゃないわ。それなのに懲罰的な扱いね。

愛の裏切りと政治の裏切り

――その実人生的な動きの一方で、『式子内親王』と同じ年（昭和四十四年）に第三歌集『無限花序』が出ますね。これはすばらしい歌集で、代表歌もこのあたりからざくざくと出始めます。第二歌集までは、率直に言って普通の歌人というか、馬場あき子になるかどうか、わからない感じだけれど、この十年の空白の後の『式子内親王』『無限花序』、二年後の『鬼の研究』で、この人しかいないという存在に一気になるわけです。この間、歌壇的には前衛の運動が盛り上がり、終息し、パージされるみたいな時期ですね。だから、馬場さん、それと同行しながら。

馬場　伴走者ね。一緒に走っていただけで、前衛でも何でもないけれど。パージをかぶる時は一緒だった。

――『無限花序』に至る内面的な戦いについては、もちろん他者にはわからないんですけれど、そのあたりはどうでしょうか。

馬場　私がいちばんありがたかったのは、永田和宏が最も早く『無限花序』を評論してくれたある論文です。

――その間、恐らく、前衛に伴走しつつも完全には乗れないわけだし、好きで純粋に古典や能をやっているのをどうやって短歌的に一体化するか、歌に結びつけるかみたいな時間だったのかなと想像するのですが。
馬場 そう、本当にそうですね。
――それはどうやって成し得たのでしょうか。
馬場 それは思い切った自分というものをね、どうやって出そうか考えました。「舞歌」（『無限花序』所収）ですが、初出のとき「私をうたう」っていう主題だったんです。それまで社会派といわれたわけですからね。
――それも角川『短歌』（昭和38年3月号）の特集ですね。
馬場 そうです。（編集長の）冨士田元彦さんの組んだ特集で、冨士田さんも編集方向をしかたなく「私性」というものに曲げていこうとした。
――前衛があまりにも遠くに行っちゃったので戻そうとしたんですね。
馬場 「私」を中心に戻していこうとしたのね。そのときに、自分がやることは現代短歌と古典とがどうつながるかということしかないと思いきわめて、「舞歌」を作りました。

舞歌　　『無限花序』二十一首より

跪坐しつつ請わん愛などさびしきにいま取る告白のための扇は
水底に春の気泡は生まるるにわれは耳なき挫折の女面
足裏を舞によごしし足袋ひとつ包みてわれのまぼろしも消す

その直後、塚本邦雄さんから「ハムレット」（「律」3号掲載の共同制作詩劇）に呼ばれた。そのときにもう一歩やってみようと思って、謡曲調で「ハムレット」の部分を作ったら、塚本さんは喜んでくれたの。かえってこういうところが面白いって。それで、勢いに乗って「橋姫」（『無限花序』所収、『短歌』昭和38年11月号）を作って、冨士田さんに見せに行ったの。そうしたら、「載せましょう」と言ってくれて、それが自分をある程度決定できたというか。何かになぞらえて自分が語れるというか、テーマ制作でいこうという方向を持ったのですね。例えばそのころ島田修二さんは「白虎隊」をやってますね。武川忠一さんは「ヤマトタケル」をやり、私は古典の中の場をとるというより創作しちゃおうというので、創作的古典として「橋姫」が出来ました。

私の曲り角になった記念作なので「橋姫」について少し言ってみたいと思います。これは能「鉄輪《かなわ》」という中の文言をエピグラフとして前置しています。「思ふ仲をばさけられし怨の鬼となって、人に思ひ知らせん、憂き人に思ひ知らせん」というのですが、この女シテは、愛執の心が深すぎて、結局鬼にはなれず、濃い闇の中に消えてゆきます。

草むらに毒だみは白き火をかかげ面箱に眠らざるわれと橋姫
貴船川水辺の夏の犠魚に嵌めこまん赤き橋姫の目を
子を欲らぬ男の愛のさびしさに木の洞の口ひらく橋姫

「橋姫」というのはじつは能面の名称の一つで、とても哀しい怒りの眼に血涙をためている凄まじい面です。まさに思いをとげられなかった怨みの面です。

山中智恵子さんもこのとき、ギルガメシュの叙事詩を背景にしながら、アラブのコンビナートの一帯の、原初の英雄といまの現実を重ねた。創作的な叙事詩を書いていた。それが『紡錘』（昭38）に入っています。

そこのところで山中さんとフィットするものがあって、『女流五人　彩』（昭40）のときは、相談はしなかったけれど古典でやりました。山中さんのは非常に有名な「会明」（歌に「会明《あけぼの》」とある）、私は「イザナミの森」で、私はあまりうまくいかなかった。でも、とにかく古典でやるという二人の宣言がされたんです。

山中さんの「鳥髪《とりかみ》」は左派的視点ですがどっちかといえば精神的な極左で、水原紫苑さんが精神的な極左であるのと同じなんですよ（笑）。

――古典性と劇的空間性と劇に仮託する思いみたいなものは何となくわかるのですが、安保闘争の敗北感の回収みたいな、それはどういう感じなんですか。

馬場　今考えてみればばかばかしいんだけど、「指令どおり、毎日デモへ行ってただけじゃないか」と思うんですけど。そのときにとても不思議な示唆的なことを体験していました。

これは単なる符合の一致なんですが、私がデモの帰りに稽古場に行って何を舞っていたと思いますか。「巴」という能を師匠は選択して、舞わせていたんです。「巴」は、木曾軍団が壊滅した後、ただ一人生き残って故郷に帰る女なのよ。それを舞わせているんです。師匠は私の能以外の活動を知ってたわけじゃないのに、まるで占ったみたいに「巴」を舞わせるんです。

私は、長刀をふるって奮戦したあと、木曾軍団が壊滅したあとに泣きながら一人、装束を替えて故郷に帰っていく女を演じていて、安保以後の自分は一つの語り部として、他人を語るのではなく、自分を語るほかないと思い始めるんです。愛の裏切りと政治の裏切りというものを重ねて歌おうと思ったのが「橋姫」です。

―― 意識的にそうしようと思ったんですね。

馬場 意識的にそう思った。だから、表面的には愛の葛藤しか歌ってないんだけど、発表の時点では政治の裏切りへの思いが、ある人にはわかったはずだと思います。それを永田さんが最初に取り上げてくれました。近年には阿木津英さんが取り上げてくれたのがあります。ともにいい文章で私はありがたく思っています。

男の闘いとは違うものを

―― その回収の仕方や闘いって、性別と関係があるんでしょうか。男の闘いとは違うって。

馬場 ありますね。男たちはどう曲がるか。たいへんだったんじゃないですか。岡井隆さんは途中で、昭和四十四年に消えちゃった。

―― 九州に行っちゃったんですね。

馬場　そのときからずーっと時間を隔てて、（当時の『短歌』編集長だった）秋山實さんが「現代短歌のすべて　そして、ピープル」（『短歌』昭和52年7月増刊号）という、大判の厚い雑誌を出し、辺見じゅんさんの岡井さんへのインタビューを載せた。それが岡井さんの歌壇復帰になるわけです。論理として弁明しながら復帰していくわけです。あの方は正当なやり方で復帰されましたよね。

岡井さんの復帰は逃亡者の復帰というかたちをとっているわけですよね。逃亡者の復帰って、いいですね、いろいろ弁明できる。

塚本さんは絶妙に新鮮に、古典との出会いを重ねられた。『感幻樂』（昭44）、あれがもう古典でしょ、ほとんど。

――歌謡の導入ですね、初七の。

馬場　そうです。七七調とか。『青き菊の主題』（昭48）あたりから後鳥羽院でしょう。菊は天皇家の紋章だけれど、同時に男の象徴だと彼は考えている。

彼は後鳥羽院、藤原定家に寄り添うように曲がっていく。私は愛の裏切りというかたちで曲がっていく。岡井さんは逃亡者の弁明として曲がっていく。その中にそれぞれの足跡や、状況なんかが入っていく。

――スリリングですね。僕らにとってはその困難は全く見えないので、一人一人がそんなに苦闘したってことがわからないんです。

馬場　だって、生活もかかってたんだもの（笑）。

――そのとき、馬場さん自身で何か開眼したみたいな実感は持てたんですか、これだっていう。

馬場　持ててないですね。まだ混沌としながら。

――リアルタイムではなかったんですか。

馬場　癪に障ることだらけでしたからね。

――何が癪に障るんですか。

馬場　世の中からないがしろにされた記憶、あの面接などで「お前は、黙っておれ」って、そういうのはやはり体に響いているわけよ。

――この女流五人の合同歌集もそうですけど、尾崎左永子（当時、磋瑛子）さんや山中さんもそれぞれ古典の人でもありますね、馬場さんとは違った意味の。

馬場　そうね。尾崎さんは正統派の古典です。その後『源氏物語』について口語訳や、その中の手紙や香について書いていらっしゃる。

――歌はもともとが佐藤佐太郎ですからね。

馬場　山中さんは古典を取り入れるなんていうものじゃないの。その中で、ご自分が主役になって語ろうとしているから、倭迹迹《やまととと》日《ひ》百襲《ももそ》姫《ひめ》になったりとか、これはもう山中さん自身で……、沖縄の聞得大君みたいなものですよ。

――その古典感覚と動かない極左の感覚はどう結びつくんですか。天皇への親和性はありえないわけでしょうか。

馬場　雨師《うし》だものねえ、あの人にとっては。天皇制反対だもの、山中さんは。

――馬場さんにも、山中さんのあの論理がどう結びつくのか、わからないんですか。

馬場　全然。あの人は論理より直感です。激しい情動の世界、愛があったでしょう。たくさんの人といろいろな恋があったはずです。関西の会合にあの人がいなかったことはないです。だから、動かなかったのはものを言わなかっただけで、黙って人をみつめて、みきわめていたのです。巫女ですからね。

――馬場さんとは違った意味で山中さんも変わったと思うんです。第一歌集『空間格子』（昭32）は硬質な詩情ですよね。

馬場　そう。前川佐美雄さんは本当の前衛だといっています。

――ええ、巫女という感じはそんなにしないから。いつ、どこで、あんなふうになったんだろう。

馬場　わからないですねえ。『空間格子』のなかでも、意味のわからない歌があるじゃないですか。あの辺が揺れていたときなんでしょうね。『紡錘』（昭38）で変わったんですよ。私の『無限花序』のちょっと後で出ますが、あのころなんですよ、山中さんも私も自分を語るために物語性という場があるって気がついたのは。

山中さんは物語性といえばギルガメシュなんていう、中東の、「ウルはつなつ」なんていうあたりの、ああいう過酷なコンビナートの、砂漠、そこの原初の英雄物語を見ようとした。それが山中さんの安保観だった。塚本さんと同じヨーロッパではやりたくないわけよ。だって、塚本さんの該博な知識に比べれば。

――いやあ、そういう意識がどの程度、女性陣にあったのか、わからないですよ。だれも言わないから。あるんですね、やっぱり、いつか最後にはやってやるみたいな感じが（笑）。

馬場　ありますよ、言わないけれど。私が古典を見つけたときは、そう思いましたもの。『式子内親王』を書くときでも、「治承の乱」を書くときは、どきどきしながら調べ、小躍りしながら書いているんです。現実感がありました。「治承四年雲間の月」なんて、芝居くさいでしょ。でも内容的には丹念によく調べて、書いてます。

――『鬼の研究』に至っては、鬼と女という二重写しが強烈に伝わってくる。それがなければあんな印象にはとてもならないと思う。

馬場　背景をきちんとしなきゃいけないと思って、『鬼の研究』のような妖しい世界を書く時は、いっそう、書く背景をしっかりさせておくことが大切ですから、『山海経《せんがい》』なんかも丁寧に読んで書いているんです。

――うーん、そうかあ。

馬場　そういえば、深作光貞さん。今はすっかり忘れたようにその名を言わなくなったけれど。深作さんは歌壇の一つの大きな力として、私財をなげうって「律」を刊行し、「フェスティバル律」をやり、「ジュルナール律」を刊行し、そして消えていった。しかし私は、自分がお世話になった人の一人に深作さんを挙げます。竹内健も消えてしまったけれど、竹内健もすばらしい力をくれました。またみんなは右翼的だと言うけれど、私は村上一郎の情熱も忘れがたいです。この三人は私を物書きに導いてくれた点で非常にありがたかった人なんです。

もう一つ、リアルタイムの話をすれば、先ほどから二度ほどでてきましたが、川口常孝さんのお世話になりました。私の忘れがたい恩人ね。

――恩人をそれだけ覚えているということは、その逆の人のことも忘れないということですね。

馬場 そう。そういうことよ（笑）。

――それぞれの歌人が何らかの馬場さんのこの十年のような時間を持てれば開眼するという理屈になるわけだけれど。時代も違うし、性別や性格の違いがあるけど。

馬場 昭和三十年代揃って登場した女性歌人が、次々亡くなって、昔なじみは尾崎左永子さんしかいない。そして尾崎左永子さんもかなり過激な現実を持っているのだけど、あの人には美意識があるんです。こういうことを言ってはいけないと思うのではないかしら。

――そうですね。馬場さんには、われわれも含めて後輩に対して、歯痒そうにしている感じがあって、今日の話を聞いていて、なるほど、歯痒いだろうと思いました。

充実の四十代

馬場 今日は『無限花序』の話もしてますね。「斎贄《いつきのにえ》」なんかも、題からして、自分たちは贄だったということを言いたかったのよ。女性は贅だった。おもしろいことに、昭和四十三年、「般若由来記」を芝居でやって、同時に、能「葵上」を舞っているのよ。「般若由来記」と「葵上」、二つとも鬼なんです。この能の選択も、私ではなくて師匠がしているの。師匠は喜多節世先生です。六条御息所の怨霊がシテの「葵上」です。

――その先を指し示すような。

馬場　そういうのばかり舞わせてくれたの。不思議な師匠でした。

――この後、昭和四十七年、「黒川能を初めて観る」ですから、現在につながるんですね。

馬場　『無限花序』のことはもう話しているから、ほとんどいいようなものです。『地下にともる灯』からの転換は、古典への転換だけでなくて、大きい課題でいえば政治と文学、恋と政治ということで、言ってみれば今度出版していただいた『日本の恋の歌』（平25）の業平や元良親王なんかとつながっていくわけですよ。世の中からスポイルされた者の恋です。立てるか立てないかわからないところで、そういうことを考えついたんです。

しかし、まだまだ私の評価は低くて、三一書房が『現代短歌大系』（昭48）を作るでしょう。あのときに『鬼の研究』を出していたので私も入れていただけた。そのとき、だれか大物といわれる人が「馬場あき子風情が入るものじゃない。三一書房から『鬼の研究』を出したからって理由にならない」って言ったのを、三一書房が「いえ、『鬼の研究』は将来ともに残るものだと信じておりますので、この人が歌人であった証明を入れたい」と言ったので通ったんだという話を聞いたのよ。

私は、「エーッ、そうだったの、ありがとう」って言ったんだけど。

――もうここで、完全にトップランナーという位置づけになっていたわけじゃないんですね。

馬場　上の人たちは変な奴が出てきたと思っていたでしょう。

――同性だとまた逆に、ちょっと潰しておこうかみたいに。

馬場　思うかもしれない。

――馬場さんが迢空賞を取ったのはいつですか。

馬場　昭和六十一年かな。

――えっ、では、ご自身が賞を取るずっと前から選考委員をやっているということですか。

馬場　そう。山本健吉さんがとても私を可愛がってくださり「君は取れなくて残念ねえ。ちょっと辞めたら」って、選考委員を辞めさせてくれたの。

――取ってないのに選考委員だったんだ。それもすごいですね。ずいぶん若いですね。まだ四十代、四十九歳ですね。昭和五十二年に選考委員になられて、翌年、「朝日歌壇選者」になられた。

馬場　どうしてだったんだろう。おそらく（角川『短歌』の編集長）秋山實さんの力ですね。私を歌壇に登場定着させたのは秋山さん。これも忘れられない恩人です。冨士田さんもそうなんだけど、「橋姫」でその転換を見届けてくれたのが冨士田さん。

――こうして年譜をみても四十代は本当に充実してますね。

馬場　楽しい時代でしたねえ。おもしろくて、おもしろくてしようがなかった時代です。

私の現実との格闘は表現との格闘です。だから、机の上だけじゃないの。実際の、古典と合体したときが自分の「行ける！」と思った本当の喜びでしたね。

私は『式子内親王』の姉妹編のように源三位《さんみ》頼政論を二本書いています（『公評』昭和47年3月号、『短歌』昭和47年6月号）。私の好きな歌人なので。というのは、歌が好きというより生き方が好きだったの。なんで反乱軍を起こしたか。だれにもできない反乱だったと思うと、私は今も胸が躍っちゃうの。もう七十代過ぎて反乱を起こすって。しかも自分は従《じゅ》三位、領地も持っている。源氏の統領。歌人としては俊成にさえ認められる存在。どれもあと数年しか生きない命の中で充実しているんです。いいじゃないの、そのまま生きていけば。

あの人には、武人としての血と歌人としての血があったと思うんだけど、その武人の血が「今こそ、そのときが来ている」ということが見えちゃっている。武人の策略としての血が立たざるを得ないのね。

それで苦肉の策略をするんですよ。頼政が平等院に率いたのはたった五十騎しかいないんです。それの家来を含めても、馬だから五十騎といえばその倍か三倍。百人くらいですよ。相手は何千騎でしょう。つまり死ぬ覚悟で平等院に立て籠っているわけ。

内裏守護の手勢二百五十人は自分の息子に残してある。それは天皇家の近衛兵として内裏守護の役目を持っている。それがやがて、鎌倉の世になって、鎌倉から認められて、鎌倉連署人衆というので非常に重用されるわけ。頼政の家の者が鎌倉に行って決定の判を押すんです。大切な家になったの。

　そういうことまでちゃんと見通している頼政という武将がいた。歌は残る。領地と位は捨てる。命も捨てる。それでいいじゃないかというのが頼政の計算です。すごい人がいたんだなあと。

――馬場さんが感情移入するところもおもしろいですね。必ずしも女性に感情移入するわけではないんですね。塚本さんなどは、自分が後鳥羽院や定家で、良経なんかの才をめでるという感情移入ですけど。

馬場　ぜひ源三位頼政論を読んでもらいたいですね。塚本さんが「あなたの評論の中で、僕はこれがいちばん好きです」と言ったのは頼政論です。

左より角川『短歌』の秋山實、あき子、岩田正。

「かりん」創刊前夜

『桜花伝承』で現代短歌女流賞受賞

―― 今日のお話は昭和五十二年の第五歌集『桜花伝承』あたりからですね。いよいよ「かりん」創刊のころのお話もお聞きします。

馬場　『桜花伝承』は四十七年から五十年くらいまでの歌が入っているんです。そこは私にとっても大事な時期なんですけどね。五十一年にまとめて、秋に刊行することになっていたのよ。ところが、出来てきたのを見たら、タイトルが「桃花伝承」となっている。

―― えっ、誤植ですか。

馬場　誤植も誤植。すごい誤植で、しかも背表紙の空押《から》しの誤植だから簡単には直せないの。

―― もう本の形になっちゃってるんですか。

馬場　なってるのよ。そしたら「桃でもいいじゃないか」って言われるから「桃じゃない、桜なんだ」ということで、桃か桜で大騒ぎをして、全部剝がして作り直させたの。で、結局、五十一年秋に出来るはずが、五十二年三月刊行になった。でも、結果的にそれで私は非常に得をしたの。

――どうしてですか。

馬場　五十二年に、婦人雑誌「ミセス」に第一回現代短歌女流賞が設定されたんです。第一回はほとんど圧倒的に石川不二子さんに受賞が決まってたわけ。私がもし『桜花伝承』を出しても、石川さんのそれまでの歌壇的な第一回短歌研究新人賞以来の地位があって、多分、競争になって落ちたと思われる。

――へえ。じゃ、「桃花伝承」に感謝しなければいけないんだ（笑）。

馬場　そういうことね。『桜花伝承』は翌年の第二回だから女流賞が取れたという経緯があるのよ。『桜花伝承』には水辺の歌が非常に多いです。それは昭和四十八年に多摩川のほとりに引っ越したからで、この歌集は多摩川在住の影響も非常に強いんです。

亡母との唯一の絆と出会う

――四十五年にお母さんの従妹に会われますね。

馬場　ええ。堤千穂という丹波の歌人。大人になり初めて私の血縁の人に会ったんです。天涯孤独だと思っていたら、いたのよ、一人。

――なぜ、彼女は馬場さんを見つけられたのですか。

馬場　『式子内親王』の評判を新聞で知ったからだそうです。

――これは自分の従姉の娘であるって。

馬場　ええ。それで向こうから手紙を下さった。それで会うことになったの。

――どこで会ったんですか。

馬場　それがね、同じ池袋西武の沿線にもう一軒、親戚があったのも発見して堤さんに丹波からできてもらって、西武線の沿線の保谷《ほうや》というところで会いました。

――その従叔母さんも短歌をやってたというのは偶然ですか。

馬場　そうです、本当に偶然。「礁」という結社にいました。万造寺斉という方の系譜で、浪漫系の雑誌です。晶子の「明星」から「スバル」へ、そのあと「我等」を創刊して、新詩社の系譜を守った方です。

その偶然があって（堤さんは綾部の方に住んでいたから）、大江山に行ったり、丹波の立杭《たちくい》というやきものの里を訪ねたり、黒谷の紙漉きを訪ねたり。『飛花抄』の中にある大きな連作はみんな堤さんとの縁です。

――「かりん」を立ち上げるときに入られるんですよね。その従叔母さんと親族というか、一族郎党が。

馬場　そうなのよ。堤さんは歌がうまい人でした。巻頭に載せてもおかしくないような、ちょっと洒落たうまさがあった。やはり晶子系だなと思わせるうまさがあった人でね。染物屋さんをやっていたの。だから、私の着物も染めてくれたり。とてもいい巡り合いだったんです。

黒川行きが始まる――昭和四十七年

――一方で丹波のふるさとに行くようになり、同時にその二年後くらいから（山形県の）黒川に、「ふるさとづくり」じゃないけれど行かれますね。

馬場　いま考えてみると、どうしてそういうことになったんだろうと思うけれど、自分が長年、能をやってきたということが一つあります。それから、『鬼の研究』を出していることもありますけれど、時代の雰囲気もねえ。いわば戦後は終わったという経済成長がありましたね。ものの本によると昭和四十七年ごろに高度経済成長が終わって、あとはバブルのはじけた時代になったことになってるけど、現実感というのは四十七年ごろもまだバブルの名残があったし、また一方には戦後以来の活動の名残もあった。平和ということばの中には安泰を求める気分と、より尖鋭に思想的行動を求めるものとがあって、例えば浅間山荘事件に代表されたり、あるいは東大の安田講堂事件に代表されるような激しい動きと豊かさを求める動きとが入り混じりながらあった。それが昭和四十年代の後半から五十年代に続くと思う。

そういうなかで自分自身は安保闘争以来の、屈折した気分があったんだけど、四十年代になると古典の世界と民俗の世界と、そっちのほうに自分の好みが向いていることに気がついたんです。

黒川能には前から関心を持ってたんだけど、山形に縁はないし、出会うことはないと思っていたのよね。でも昭和四十二年に黒川能が水道橋の能楽堂で二日にわたり公開され、それを観に行ったんです。今の五流の能とは全然違って古式なのよ。お清めの塩を撒いたり切火をしたり、舞台に出ている全員が恭謙この上ない美しい拝礼をするの。観客の中には自分にお辞儀をしていると思って手なんか叩こうとする。ところが、それはそうじゃなくて、彼らは遥かな遥かな黒川の春日神社の神にお辞儀をしたので、それは王祇様《おうぎ》とよばれ、芸能の中では翁様《おきな》と対等の、神以上の神なの。農耕をする人の傍らに立って長年暮らしを守ってきた目に見えない祖神のような神にお辞儀をする。その礼の美しさに魅了されちゃったのね。それで、黒川にどうしても行かなくてはならない気になって。昭和四十七年になって、はじめて村の例祭を観に行きました。それから引き込まれて四十年。

――黒川には僕も連れて行ってもらったんです。

馬場　お望みとあらばまたいつでもお連れします。ＮＨＫの取材も二回くらい、ありました。

――あれは番組になりますね。しかし、四十年行き続けるというのも。

馬場　何の魅力でしょうね。つまり、大地に存在しきっている人間の魅力。夜の村は真っ暗で、自分の影も映らない。暗い動かぬ闇、それが村なんです。秋に行くと、ニオとかニュウといって、一本の棒杭に稲架を円錐状にかけたものが刈田あとに整然と並んでいて、それが番兵みたいに田んぼにずーっと何列も何列も並ぶのよ。それが村を守っている軍団みたいに頼もしい。家々の灯がともって、やがてそれが一つずつ消えて動かぬ闇になる。その闇にも感動したの。自分の影がない闇。冬はその田も見わたすかぎり雪になる。黒川でごらんになったとおり白の世界しかないわけ。

――経験しました。「動かないほうがいい。ここで歩くと遭難する」って米川千嘉子さんが言ってました。他人《ひと》ん家《ち》の横なんですけど、それなのに真っ暗で……。
馬場　どっちに行ったら南か東か全くわからないのね。
――あんな普通の村の中で遭難したら格好悪いですよ。
馬場　「都会人はこんなもんだ」って笑いものね（笑）。

刃物を持てるのは女だけ

――ところで余談ですが、おもしろいなと思ったのが、馬場さんは刃物がお好きということですね。『桜花伝承』より一つ前の歌集になりますが『飛花抄』（昭和47年）の〈鳥脳裂《とりなずき》く一丁に砥ぎいだす夏空ぞしんかんたるしじま〉は有名な歌ですが、他にも庖丁を砥《と》ぐ歌があって、刃物を砥ぐのが好きだし、刀剣を見たりするのも好きだということをいろいろなところで書いていますね。それはどういう理由からですか。

馬場　どうしてでしょうね。あるとき、現代のような刀剣を不法所持すれば罰せられる世の中に刃物が持てるのは女だけだということに気がついたのよ。庖丁を何本持っていようと文句を言われない。出刃だろうと刺身庖丁だろうと柳刃だろうと。私も一時、六、七本揃えて砥いでいたわけ。このごろ怠けてますけどね。

それに気がついたとき、女だけが持てる刃物はすばらしいと思った。よし、砥いでやるって、魂を研ぐようなつもりで毎晩、庖丁を砥いでいたの。

――これも厨歌なんですね。でも、なんかすごい。それ以上の気迫というか。

馬場　迫力をもって、魂を研ぐように毎晩、庖丁を砥ぐということに、そのことばに自分で溺れたというか。男になんか持てないものを持っているんだということがね。

――けっこう凝り性というか。庖丁作家の人の砥ぎ技のことを書いていたり、黒川もいったん嵌まると四十年続けるし。飽きるとか、そういうことって、馬場さんはあまりないんですか。能も歌もずーっとですね。

真の闇がなくなった

馬場　でも黒川にはちょっと飽きました。

――四十年も行ってたら（笑）。

馬場　いえ、飽きたというより、私が求めていたものがなくなっちゃったというほうが正しいわね。都会化してしまった。そして、真の闇がなくなった。それからもう一つは、農民らしい誇りがなくなってきた。つまり、都会化すると同時に観光客が入って来るでしょう。すると神様というものも観光化してくるんです。昔は王祇様が下りてくる道には家々のおばあちゃんが蠟燭を持って迎えに出て王祇様を拝んでいましたが、今はそんなことをするのはだれもいない。観光客に囲まれたまま王祇様が下りてくる。昔は先払いの子どもたちの行列が「うおー、うおー」って獣のような声を立てながら行ったのに、今は子どもが少ないから、「きゃあきゃあ」と言って行くでしょう。それも無理に声を出させられている。黒川は滅びたような気がする。でも、だれか行きたいと言う人がいれば、昔の、よき精神だけを教えに連れて行きたいという気がするわ。

古典が血肉となる、これはだれも出来ない

馬場　能は文学であり、高度に洗練された芸術ですから、入れば入るだけ面白みが深くなっちゃうのね。けれど、やはり短歌と同じで、いいものに出会う場面はだんだん少なくなる。

土岐善麿が何十年も能をやってきて六十代になって、〈残りなき命の惜しさしづかにまた序の舞の袖返すなり〉という歌を詠んでいます。私は今はもうお稽古をやめていますが、ふっと寂しいとき、一つ、舞いたくなります。何だろう、あれは。やはり魂のふるさとみたいなところがある。

それから、世阿弥という人は不運を歩いた人だから、ことに晩年の作品なんかにはいろいろな後世に残したい思いや訴えが隠されていたりするところがあるから、文言そのものについても考察する魅力があるんですよ。

ことに私は戦争中が青春でしょう。授業がない。戦後もだれも人生とか生き方とかってものを教えてくれる人がいない。大人は黙ってしまったから。そういうとき、世阿弥の伝書に助けられたというか。「そうなんだ」と思わされたところがたくさんあります。『風姿花伝』なんかね。

――『飛花抄』について佐佐木幸綱さんが「『飛花抄』という歌集を短歌史的に見るならば、前衛短歌運動が一段落して、そこで活動した個々が、その成果を各自の現場に持ち帰って独自の世界

を掘りはじめた時期の歌集ということになる。馬場あき子に即して言えば、前衛短歌運動期をトップ・グループの中ほど、ないしは後方につけていたのが、この時点で一気に追い上げ、先頭にたったのである」（『短歌』平成6年10月号）と書いています。この実感はご自身の感覚と合っているんですか。

馬場　なまいきですが、そのころ「ある何かを握った」と思いましたね。それはやはり古典です。私はわりとそのころ、縦に短歌史なり文学史なりを理解する目を持っていたので、これでやれると。

――それ以前に、現代短歌の世界にそういう先達はいなかったんですか。

馬場　いろいろ個性的な方がいらっしゃったから。私はその中の一つにすぎないです。前衛的な手法を潜ってきたところがよかったのです。古いものはみんなダメと思われていた時代でしょう。そこで能ということばとリズムが日常的に体を支配する世界にいたことがよかった。能というものはことばと型、つまり肉体とことばというものを一緒に学ぶ場でしょう。体とことばというのはどうつながっていくかということをずっとやっていくうちに私の血肉になっていったんでしょうね。

――馬場さん以降は、そういう一つの型みたいなイメージが僕らの中にはあって、女流歌人は古典芸能をやりつつ歌をやって、みたいな、そういう流れがあるような気がしたけれど、実はそれはずっとあったものじゃないわけですね。

馬場　ないです。時代ですかね。やはり（昭和）四十年代は独特の時代だったと、今、振り返っても思います。もう二度と来ない時代。

――昭和四十五年の万博の前後のイメージですか。

馬場　万博がバブルの頂点でしょう。それから四十七、八年は石油ショックとか何か出てくる。だけど、そんなことは事ともしないような勢いが五十年代まで続いていたと思います。さっきもお話ししたように五十二年に『桜花伝承』を出したのが幸いして、五十三年に現代短歌女流賞をもらったんです。

――四十代を疾走したという感じが年譜からも伝わってきます。代表作のひとつとなる『桜花伝承』が出たのは五十二年で、この年、学校の先生を辞められて、「まひる野」を退会、これは実人生的に大きいですね。

馬場　大きいですよぉ。

――教員を辞められたのは四十九歳ですか。当時、定年は何歳でしたか。

馬場　六十歳です。

――じゃ、早期退職というか、もう辞めようと思われたんですか。

馬場　恥ずかしいけど、あまりにも忙しい事が多くて教員をやってられなかったの。そのころ、新聞とかＮＨＫなんかにもずいぶん使っていただいて、そのころは迎えの車も送りの車も出ました。でも、社旗を立てた車なの。そういう送りの車が校庭を一巡して停まるので、一般の教員たちはいやだったと思う。

――うーん、それは。

馬場　ちょっとそういう目にも耐えられなくなるし、もういいや、これくらい書いていれば食べられるからと思ってね。だって、三年間に本を四、五冊出してます。それに「ＮＨＫ短歌」も草分けのような時代で、そこから本を出していただいたり、ラジオ放送でやったのがすぐ本になったり、そういう時代だったんです。岩波書店から出した『風姿花伝』もそのころの市民大学でしたかラジオ放送でやったものでした。

――ラジオ講座みたいなのですか。

馬場　そう。あれがよかったですね。『和泉式部』もそうだったかな。あのときのラジオ講座はいいものが出ました。

「かりん」創刊前夜

――しかし、忙しいから先生を辞めたと言いつつ、「かりん」を作るわけですね（笑）。

馬場　余力が出たから。それに、あるところで、「まひる野」での私の動きも止まっている。「もうしようがないな。やるんだったら自分でやるほかない」と思った。そういうときにたまたま、うちの学校の同僚に三枝昻之がいたんです。下村道子ともわりと親しかった。そこに辺見じゅんさんが「やろうよ、やろうよ」と煽動する。

――みんな、やりたかったんですね。

馬場　そうそう。辺見さんは自分の構想もあってやりたいことがいっぱいあった。なかなかそこのところはうまく折り合いがつかなかったんですけどね。そういう有能な人がいたこと。それから、当時編集者としてつき合いのあった小高賢は「俺は絶対やらない」と言いながら、面白がって、何か会議をするとき、どこからか伝え聞いて、その席に必ずいるのよ。その人も今年（平成二十六年）二月に急逝され、一つの時代が過ぎたような気がします。

――小高さんは「まひる野」に入ってたんですか。

馬場　いないです。「かりん」の創刊からです。

――三枝さんは「まひる野」では？

馬場　あの人は「まひる野」ではありません。三枝さんはお父さんの清浩さんが「沃野」の中心人物の一人だったんです。今、昂之さんの弟の浩樹さんが「沃野」をやってるでしょう。三枝さんは「反措定」という早稲田大学の左のほうの文学活動を福島泰樹さんたちと一緒にしていたのよ。「反措定」に歌を出していた。しかし、昭和五十年代なんですよ。三枝さん自身も学生運動から身を引いていくでしょう。浅間山荘事件があったりするなかで、自分自身、歌しかないことを思いきわめていたのではないかしら。

それで五十二年八月に、小高さん、三枝さんとうちら夫婦で佐渡を旅行するのよ。楽しい旅行だった。何となくその中で新誌を作ろう、とそういう気になっていくわけ。その年の十一月か十二月にもう一遍、三枝さんと相談して、やろうということになってね。初めの歌会を五十三年一月にやっているんです。

――わりとすぐなんですね。

馬場　八月にそんな気になって、十二月に、じゃ、やろうというので、予備的に最初の歌会を三十六人くらいでやった。それが最初の同人です。

――そういうときは「まひる野」からも人がついて来ちゃいますよね。

馬場　ごく僅少に止めました。「まひる野」からついて来たのは今もみんな残ってます。影山美智子、下村道子、野々山三枝、佐波洋子、田村広志、松本ノリ子、高尾文子。
　中では「まひる野」に在籍の年数の長い田村をどうするかが問題で、田村は「来る、来る」と言うけれど、「引っこ抜いたかたちになるのはいやだから」と止めておいたの。でも、向こうにもいられなくて、ちょっとしてから来たんですけどね。

――円満退社というかたちですか。

馬場　いちおう円満退社でしょうね。連れてきたのは極めて少ないんです。十人くらいでしょう。そしてはじめての歌会は創刊より早く一月で、三十六人くらいでした。それからみんなが一生懸命、その気になったので。この間、数えてみたところ、三か月のちの創刊号は倍くらいの六、七十人になってたわね。

五十三年は仰天の年

――創刊号が出たのは五十三年五月ですか。

馬場　ええ。ところがその年は変な年で、一月に（角川書店の編集者の）秋山實に連れられて、新《にい》野《の》の雪まつりに行ったんです。「いやだなあ、寒いのに」と思いながら行ったものだから、体を壊しちゃってぼんやりしていると、最後の晩に変なおじいさんがお祭りの祭具のヘラで私のほっぺたを叩くのよ。そして、長野の言葉で「おめえ、今年はいいことあっから」とか、言ってくれるのよ。こんなに体はくたびれちゃってるのにと思った。帰ってきたら、一週間くらいして角川『短歌』から愛読者賞をいただいた。ああ、これのことだったんだなあと思ってたの。そしたら、一か月後に現代短歌女流賞のおしらせがあり、うわあ、すごいものもらったってばんざいしたわ。

――ヘラのお陰で（笑）。

馬場　そう。ヘラのお陰で。それと「桃花伝承」のお陰で。そうしたらさらに、その一か月後に朝日新聞の歌壇の選者にと。もうびっくり仰天の年です。それで五月に「かりん」を創刊でしょう。二、三、四、五とびっくりなことばかりが続いたんです。これは私の、これまでの人生の中の最も大きな転機だったんじゃないかな。

――同世代でまだ結社を持つみたいな人はいないですね、そのとき。

馬場　そうねえ。尾崎左永子さんがその後か。大西民子さんもまだだし。同世代の女性の主宰誌はまだないですね。

――男性で新しく結社を興した人はいましたか。

馬場　いや、島田修二さんもまだだったし。あのころ新社を興したのは珍しいかもね。同人誌はいっぱいあったけど。

――やはり決意が要るものなんですか、結社をやろうというのは。

馬場　「まひる野」に挨拶に行くのがいちばん苦しかったです。窪田章一郎先生は私を可愛がってくれていたことも知っているし、挨拶に行ったとき、「岩田正は抜けてもいいから、お前は残れ」と言われたから（笑）、それはやっぱり出来ないでしょうって話をしてね。証人として武川忠一さんと篠弘さんに付き添ってもらって行ったのよ。

――武川さんもやがて「音」を出しますね。

馬場　武川さんと私は全然違う意識ですけどね。それぞれがある年齢に達して、自分の歌風をいちおう樹立して、自分を囲む周辺があって、所属していられなくなるということがありますね。

――「まひる野」の中でどこまでも偉くなっていくという道はないわけですか。

馬場　ええ。考えたことありませんね。

――馬場さんのファンというか、好きだった人にとってはうれしいことですね、「かりん」ができたのは。

馬場　そうね。一年のうちにものすごく会員が増えました。毎月、どんどんページ数が増えていきます。

――そうすると、どんどん忙しくなりますね。

馬場　そう。でも、（創刊）五年までは全部の歌を一人で選をしました。エネルギーがあったのね。

私、疲れない人なのよ（笑）。

語ることが生きた証

馬場　このころ親は老耄になって施設に入れなきゃならなくなった。その当時、認知症というのはまだ大きく（取り上げられて）ないから、千葉の旭というところのキリスト教の病院を紹介されて入れてもらったんだけれど、そのころは家族の真摯な支援がなければ預かれないというので、ひと月に二回か三回、挨拶に行きました。お菓子の折りを持って行きましたね。そのおばあちゃんが亡くなったら、今度は自分を育ててくれた継母がおかしくなって、また施設に入れなきゃならなくなった。

――まだそんな歳じゃないですよね。

馬場　そうでもないですよ。継母は八十代で私は六十代です。

――このあたりの歌集は名歌揃いです。『桜花伝承』の〈さくら花幾春かけて老いゆかん身に水流の音ひびくなり〉〈夭死せし母のほほえみ空にみちわれに尾花の髪白みそむ〉などの歌について、時間感覚のことを何人もが書いています。馬場さんの実年齢は今の僕くらいだから、老いたということはないんだけど、お母さんが夭折されているので、二十代で亡くなった母に自分の年齢が照らされると、自分はそれに比べてすごく生きたということで。特殊な老いの歌というんですか、時間感覚が照らし出されていて、それが名歌を生んだということが書かれていて、なるほど、腑に落ちる意見だと思うんです。

馬場　もう一つは、傍らにつねに老人を見ていたのね。父も老いていくし、母も老いていくし。老いていくとき何が心残りになっていくかとか、そういうのをずっと見ているんです。すると心に老いが入ってくる。

父は東北の男だったから、ものは言わない人だったけど、庭に植える木は全部、実がなる木を植える。なぜ実のなる木ばかり植えるんだろう。農村から出た人であり、同時に木は滅びないで残っていくという意識があるんでしょうね。家は狭いのに、その周りにすごい密集的に木が立っているの。みんな父が植えた木なの。これが農村の人のやることなんだっていうのがわかったり。

父のふるさとはみんな百歳まで生きるようなじいさん、ばあさんばかりでね。生きるとはどういうことかというと、ただ生きているわけじゃないのよ。周辺の誰彼に語るんです。自分が生きたことが村の歴史であって、これを語ることが村の歴史の一つなんだという、そういう意識があって、つまり語ることで銘銘伝の一人になれるわけよ。それが都会と田舎の違いで、黒川能に惹かれるのもそういうことね。

――ありがとうございました。次回は「かりん」の初期のころのお話から伺います。

昭和53年1月「かりん」はじめての歌会。

収穫期

「かりん」の初期のころ

——馬場さんは「かりん」創刊のころはどこに住んでおられたんでしょうか。

馬場　『桜花伝承』（昭52）のときはもう今の家です。

——殺人事件のあった部屋（一〇八頁参照）はどうしたんですか。

馬場　とっくのとうにおさらばして、登戸《のぼりと》のマンションを買って、そこに三年いました。

——登戸は買った家だったんですか。

馬場　ええ。三年くらいしか居なかったけれど、豊饒なよき時代を登戸で過ごしました。

——そこを売って、今のところ（川崎市麻生区）を買われたんですね。

馬場　そう。私の退職金を足して、今の家を建てたの。

——実のなる木を植えるじゃないけれど、違うレベルで、結社を作るというのも自分の歌風の遺伝子を残したいみたいな意識がどこかにあるものなんですか。

馬場　そんなことはまるで考えなかったですね。とにかく、自分と心が合った人たちと何か一つのものを討議しながらやっていきたい。つまり、結社は古くなると討論というのができない。それを壊して、自分と若い人をぶつけたい。そういう思いですね。

――創刊時の写真には前回言われたメンバーが写っていますね。

馬場　いやがる小高賢に無理やり歌を作らせ、やっと作った歌をみんなでほめたりぼこぼこやっつけたり、みんなで添削したりしておもしろがった。小高さんもやってみたらまんざらでもなく、「こんなものか」というので作りだす。一遍ノートに歌がたまると、もうやめられないのよ、歌というものは。

――じゃ、大変だったけれど、すごく楽しかった時代ですね、「かりん」の創刊のころは。

馬場　そうね。歌についてもみんな自分より年下の人だから、じゃんじゃん文句は言えるし、毎晩のように電話口で怒鳴ってましたね。

――今でもけっこう、そうだという噂がありますが（笑）。

馬場　私、手術をしたことがあるんですが、手術した晩から電話をかけて怒鳴ってたというので有名なの。

――はっぱをかけるんですか。

馬場　はっぱをかけるというより、その歌をよくしたいためよ。

――それが五十歳のときですか。

馬場　そうですね。どの雑誌も創刊のころというのは元気で、楽しいものです。だから、いつも創刊号を出すつもりで編集すべきなんです。五十五歳がちょうど五周年です。そのときはまだお金がなくて、今の中野サンプラザで（お祝いの会を）やったんだけど、若い元気だけで、たくさん集まって、椅子が足りなくなったの。そのとき、中野れい子さんという人が内を切り回している大蔵大臣だったわけですよ。「椅子が足りない」と言ったら、「わかりましたーッ」て。どうしたと思う。近くの葬儀屋にとんでって借りて来たのよ（笑）。

―― わあ、すごい機転が利きますね。

馬場　面白いことばかりでしたよ、初期のころは。葬儀屋の椅子で記念会。記念写真も席順争いでした。

穂村さんがおっしゃるように、『早笛』（昭30）から『桜花伝承』への転機は、言ってみれば、『無限花序』（昭44）からなんですが、テーマ制作によって他者になり代るうたい方が生まれ、つまり他者というさまざまな人間の内部に注目するようになったのですね。しかし、それはテーマに寄り掛かった歌ではなく、一首そのものの中に精神的な屈折をかかえた、いまの人間の姿がある、そういう歌を作りたいと思ったのが『桜花伝承』です。最初の歌〈忘れねば空の夢ともいいおかん風のゆくえに萩は打ち伏す〉は塚本邦雄さんが激賞してくださった歌です。けれど、やっぱり古典的ですよ、すごく。そのころの塚本さんは、古典に魅力を感じていらした。

―― みんながいいと言う歌や歌集と本人の気に入り方とがずれることもありますよね。

馬場　ずれてますすよ。そこがまたおもしろくて、かえってずれた読みのほうがいいこともある。

——この辺の歌が中期のピークというのが一般的な見方だと思うのですが。

馬場　それは大体皆さんのおっしゃるとおり、自分でもある安定感と、自負のようなものも生まれていました。

伝説の歌人、浜田到に傾倒

馬場　一つだけ、意外なことを言えば、『桜花伝承』の時代に、私が読んでいて触発されていた歌集は浜田到（大正七年生まれ、昭和四十三年没）なのよ。

——あ、それは意外ですね。

馬場　これは今まで言ったことがないです。

——遺歌集の『架橋』、昭和四十四年か。もう出てたんだ。

馬場　『架橋』を読むことによって、目から鱗が落ちたようなところがあった。塚本さんでは難しすぎてわからなかった歌の秘密がわかった。

——印象として言うと抒情性と形而上性が両方、浜田到にはありますね。すごくリリカルだけれど形而上的に見える。それが惹かれたところですか。

馬場　そのとおりです。それなんだなあと思ってね。思想の時代という一時期がありました。歌人では近藤芳美さんが代表的にあがりやすいけれど、戦後の私たちは、社会主義思想に接近していましたし、職場でもそうした活動が盛んでした。それが昭和も三十年代に入ると、「日本的なものは何か」という視点が出てきたのです。それは私自身が無自覚にもっていた、私自身の本来的なテーマでもあったのです。前衛短歌のゆさぶりの中で昭和三十年代はずいぶん長い楽しい寄り道をしましたが、結果としてはよかった。そして昭和四十年代に入りやっと本当の生身の自分に近い歌を作るようになったのです。それは、楽しんで作っていたテーマ制作とも違う、自分そのものの歌です。『桜花伝承』ではそういうことになっているはずです、これは浜田到のお陰だったなあと思います。

――面識があったんですか、浜田到と。

馬場　全然ないですよ。ないし、贈答もないです。だけど、のちに浜田家が「かりん」の大井学に資料を全部渡したと言ったとき、なんか縁があったなあと思いましたよね。

――馬場さんと浜田到を結びつけてはみなかった。

馬場　開眼の書です。『架橋』は感動的だった。

――歌集はあれ一巻しかないわけですね。

馬場　ええ。繰り返し読みました。

――もともと両極端なものを統合しているような印象が馬場さんにはつねにありますね。実人生においても、古典的なものと左翼運動や前衛短歌を何とか結ぶみたいなところとか、古《いにしえ》と現代、女と男、情感と論理みたいな要素が、馬場さんの中で統合されて火花が散っているようなイメージがある。けれど、そういうふうにみんなできないし、馬場さんにとってもすごく難しいことだと思うのです。どこで何を触媒にして統合するかみたいなことって。

馬場　でも、それは浜田到を読んだらすぐ出来るようになったの。

――そういうものを見つけられるとは羨ましいです。

馬場　ひところのバイブルでしたね。

――浜田到にはすごく甘美なお母さんの歌があるけれど、〈亡き母よ嵐のきたる前にしてすみ透りゆくこの葉は何〉〈悲しみのはつか遺りし彼方、水蜜《すゐみつ》桃の夜の半球を亡母《はは》と啜れり〉とか、そういうところも惹かれたんですか。

馬場　そこはあまり見なかったわね。〈葉鶏頭《かまつか》の咲かねばならぬ季節来てしんじつは凜々《りり》と秘めねばならぬ〉という歌あるでしょ。ちょっとクラシックなうたい方でありながら深いですよね。〈孤り聴く〈北〉てふ言葉としつきの繁みの中に母のごとしも〉もそうですが、こういう歌には、ちょっと前時代に通う抒情だなあと思う親しみもあったし、惹かれたのは。今すぐ、どことは言えないけれど、これでいい、こういうふうにやるもんなんだということがわかったのね。

もう一つおもしろいお話をしましょう。この前あげてくださった〈さくら花幾春かけて老いゆかん身に水流の音ひびくなり〉という歌ですけど、五十代ってまだ身体的にはむしろ盛りの力があるのに、みょうに年齢的な意識の圧力があって、しかも傍らには老いゆく親の姿があるという、「ここはどこだ」という人生の途上感がある時期なんです。

たまたまそういう時期に、舞の稽古で「賀茂物狂」というのを舞っていたんですが、上羽《あげは》という、扇を大きく使う花やかな型に謡がついて、「花紫の藤枝の」とうたうんですよ。するとそのあとに地謡が、「幾春かけて匂ふらん」と入ってくる。この節がね、ふっくらと大きく、明るく、浮きやかに広がるところなのです。左右《さゆう》という両手を大きく使う型が入ります。じつにね、舞っていてもいい気分のところなんですよ。この地謡が心に沁みて、心がふるえるように波立つんですね。「さくら花」という初句のあとに、すっとこの「幾春かけて」というフレーズが入ってきた。あの花やかな謡の気分が呼び寄せたのですが、ことばとしては本来古めかしいものですよね。だって、結婚の祝口上なんかに「幾千代かけて」なんて使われてきたものですから。それを「幾春かけて匂ふらん」としたのは謡曲作者の手柄でしょう。そこのところ、短歌はそう浮き上がってはだめですから、急転させ「老いゆかん」と渋く緊めてゆくんですね。ですから浮いた「匂ふらん」の節では「老いゆかん」は謡えません。音声とことばってとても微妙で面白いものです。そういう発見をしながら詠んだ歌でもありました。体で表現していたことばや、節に乗せられていたことばを歌ことばとして発見し直すということでしょうか。

―― やはり両輪なんですね。浜田到さんは生身の情報があまりない人でしょう。会ったことがある人って、いたんですか。

馬場　塚本さんは会ってるでしょ。

―― 関西の人ですか、浜田さんは。

馬場　九州の人です。

―― 伝説の歌人ということで。

馬場　だから、塚本さんは浜田さんにある衝撃的なイメージを受けて、自分の初期のリアリズムの歌から転換したんだと思う。塚本さんは、ちょうど私が『桜花伝承』を出したころから、どんどん古典に傾斜していって、私とも親しくなって、あの人の書いた古典物の書評はずいぶん書きました。『夕暮の諧調』（昭46）『非在の鴫』（昭52）とか。

――そういう彼自身の変化と、『桜花伝承』のタイミングがちょうど合って、評価が生まれたということですね。

馬場　でも、『感幻樂』（昭44）は『桜花伝承』よりずっと前だった。

――あれも歌謡の影響のある歌ですね。

両雄、葛原妙子と斎藤史

――そこで馬場さんは第一人者という感じですか。

馬場　いや、とんでもない。葛原妙子という大きな存在がありました。私にはどうにも葛原妙子がこなせないし、友人でしたが山中智恵子も別世界の言葉をもっていました。

――葛原さんは今、人気だけど、リアルタイムでも歌壇でそんなに評価されてたんですか、あの作風で。

馬場　斎藤史さんと二人ともすごい尊重をうけていましたよ。塚本邦雄、春日井建、寺山修司たちが尊敬していたのだから。

――年下の男性陣ですね。

馬場　囲まれてたでしょう、そういう男性にね。

私は斎藤史の歌はわかりやすく、親しいものでした。斎藤史は与謝野晶子の最晩年の『白桜集』の系譜を引いていると思っています。そしてその歌い方はほとんどわれわれもできる範囲になっていた。だけども、あの歴史的背景を持っていないから、そんなふうに世の中や社会のことを歌ったってだれも納得しないから、あれは斎藤史の独擅場で、われわれはやるべきじゃないということでしょ。その間にもう一人、生方たつゑがいたわけですよ。

――同世代ですか。

馬場　近いですよ。生方さんはみんなが「にせもの」だと思っていたけど、私はね……。努力の人だと思いますよ。生方たつゑは写実系から浪漫系に入ってきて自己完成した人なの。岡本かの子や原阿佐緒などと逆なので、非常におもしろいと思ってる。あの人は「国民文学」の人ですね。主題制作を最初にやったのは生方ですよ。能の稽古もしていたし、「葵上」「卒塔婆小町」などを素材として、いくつか劇的な作をつくってます。あれは三島由紀夫の『近代能楽集』（昭43）を真似たんだと思うけれど。

――そのあたりは今日、あまり語られないところですね。五島美代子さんはどうでしたか。

馬場　五島美代子は昭和三十年代に『新輯母の歌集』（昭32）で読売文学賞をとった。それが頂点でしょうね。長女のひとみさんに死なれたでしょう。慟哭の絶唱が幾つもありますよね。それからあとは、孫への酷愛ともいうべき歌が評判でした。お気の毒だし、五島美代子と夫の五島茂がともに孫のことを歌っているのはすさまじいくらいの愛なので、おもしろい読み物のように読んでいました。

五島美代子の「母の歌」はほとんどその後の女流によって克服された。ごく庶民的なリアルな歌い方ですから現れたときは新鮮だったけれど、たちまちみんなに取られちゃった。ことに中条ふみ子の母と子の歌、〈春のめだか雛の足あと山椒の実それらのものの一つかわが子〉、ああいう歌が出てきたので、五島美代子は古くなってしまったのです。

――うーん、そうですか。葛原さんはリアルタイムで、そんなに偉かったのか。

馬場　いやあ、やっぱり葛原妙子は注目して、出るたびにどうしてこういう発想が生まれるんだろうかって。浜田到は知的ですよね。だけど葛原妙子の上下《かみしも》の付け方はどうにもできずおもしろかった。

――相聞もない。当時でいう中年期から歌を始めて、あれですからねえ。

馬場　三一書房の『現代短歌大系』（全12巻・昭47、48）という、企画があったんです。そのとき、葛原妙子は第一歌集『橙黄』（昭25）を前衛風にものすごく改訂している。その違いは全部書き記してみました。いつかこのことを書きたいと思っていたんですが、「葛原妙子論」の中で多分、川野里子が書いているに違いないと思います。すごい改訂ですよ。元の歌のほうがいいようなのがいくらもある。しかし、なかなか頑張ったんじゃないかしら、あのころは。みんなして褒めたでしょう。前衛男性にはバイブルだったわけだから。

――そういう存在だったんですね。ちょっと敬して遠ざけられるような位置づけだったのかと思っていました。

馬場　ええ、そういう人だから、やっぱり怖かったですよ。

――本人も怖いんですか。

馬場　怖いですよ。あの人がいたら逃げますよ。武川忠一が、斎藤史と葛原が座っている電車に飛び乗ったけど、すぐ飛び下りたっていうじゃありませんか。

――そうなんですか。気さくな人じゃなかったんですか。

馬場　あのころの大女流は、私たちより一世代半くらい前でしょう。閨秀歌人の遺風があるのよ。気位も高かったし、近代の人だから、おいしいものを食べて育っているから体も大きい。堂々としているでしょう。われわれのように戦中育ちの、情けない物を食べて育ったのはみんな背が伸びないですよ。みんなあの二女流の前は通れなかったですよ、怖くて（笑）。

――斎藤史も大きい人なんですか。

馬場　大きいですよ。

――そういうことがわからないんです、情報がなくて。

馬場　将軍の娘ですもの。気位は高いし。

――昭和五十年代は、まだ彼女たちが君臨していたんですね。

馬場　そうですね。昭和五十二年に斎藤史が迢空賞を取ったとき、私が選考委員だったのよ。もちろん、私は斎藤史さんを一位に推しましたし、山本健吉も大賛成で、斎藤史が迢空賞になるのにだれも妨げはしなかった。

迢空賞の授賞式のとき、私が講演者になりましたが、斎藤史について三十分、一生懸命しゃべっているのに、なぜか葛原妙子と並んでペチャクチャペチャクチャしゃべっているの。そこがおもしろい。自分のことをしゃべられているのに。そのくらいの地位の開きがあったんです。

――二人は仲がよかったんですか。

馬場　まあ、やっぱり両雄でしょう。

――両雄だから悪いということもあるじゃないですか（笑）。

馬場　両雄で、離れているしね。斎藤史は信濃にいるし、東京の女王は葛原よ。

――失礼ですよね、単純に（笑）。「そこ、うるさいッ」とか言えばいいのに。

馬場　いやいやそれくらい偉い人だったんですよ。私はまだ四十九歳でしょう。片方は七十くらい。そりゃあねえ、「この青二才が何を言ってるか。私のことなんか、何がわかる」って、思ってたでしょう。

それがだんだん、斎藤さん、変化してきた。というのも、雨宮雅子さんが『斎藤史論』（昭62）を書いたでしょう。もう一つ、ほしかったのね。一生懸命、「あなたに書いてほしい。あなたに書いてほしい」と言われたの。論が一つじゃ、やっぱりうまくない。もう一つ、違う視点から書いたのがあるといいと思ったんじゃないかしら。
　雨宮さんの『斎藤史論』は平林たい子文学賞（昭63）でしたよね。それ以上、私が書く必要はないと思った。

収穫期の五十代

――昭和五十八年に中国に行かれますが、初めての海外ですか。

馬場　ええ。その後十数か国に行ってるんだけど、最初は中国だったの。日中の国交回復が一九七二（昭47）年、田中角栄が総理になってから、すぐですよ。私が朝日新聞の歌壇の選者に入ったのがそのころ、一九七八（昭53）年でしょ。国交が回復したから中国では観光する人たちが来てほしいわけ。最初に行ったときはみんな行ってみようというのでバス二台。

――みんなって、だれなんですか。

馬場　一般募集した人と、「かりん」を創刊していたから、「かりん」の人も二、三十名。

――それは「馬場あき子と行く中国ツアー」みたいなのですか。

馬場　そうそう。「馬場あき子と歌を詠もう、中国旅行」で、もう一つは、「稲畑汀子と俳句を詠もう、中国旅行」という感じね。私のほうがバス二台、俳句のほうがバス四台。そこから倍なのよ（笑）。だから、すごい数の人が行ったの。ところが、そのときはまだ、空港に降りたら壁が全部、毛沢東の顔の写真なのよ。剣付き鉄砲みたいな武器を持ったのが立っている中を通っていくので、怖かったですよ。粛々として通っていったというくらい。

——それが馬場さんの初めての海外旅行ですか。それから十数か国に行かれたんですね。このへんから旅の歌が多くなるんですね。

馬場 そう。でも、自分のテーマとなるべきところに行ってるから。アメリカやフランス、イタリアは行かないで、むしろ文化がないところに私は行った。そこで、より原初的な何かに出会いたかったんです。

——そういう志向なんですね。

馬場 アフリカとかシルクロードとか。サファリパークに行こうと思ってたけど果たさず終わった。あれだけは心残り。

——馬場さんは動物も好きだし。では、いわゆる大都会みたいなところには行ってないんですか。

馬場 行かない。背の低い日本人のおばさんたちが行ったって、バカにされるだけでしょう（笑）。

——みんな和服で行けば……。

馬場 それはドイツでやったのよ。みんな一張羅の着物を着てドイツのオペラを観に行ったら、オー、オーって、向こうの人たちはみんな感心してましたよ（笑）。

——五十代のころは完全に収穫期ということが窺えますが。

馬場 平成五年の第十三歌集『阿古父』までが収穫期ですね、きっと。それで読売文学賞を戴いた。

ただ、『葡萄唐草』（昭60）も私の一つの開眼なんです。「葡萄唐草」という群作があるんですが、いわば葡萄にまつわる文化史や風俗を唐草の連鎖のようにうたいました。こういうことも出来るなあと思って。岡井さんが「傑作くさいなあ」、とこの一連を言ってくださったのを覚えているけど。

――「傑作くさい」ですか。不思議な表現ですね（笑）。

馬場　本当に傑作かどうか迷うっていうことかしらね。あそこには歴史が入ってくる。古典ではなくて。生々しい、信長とか。戦国時代の武将なんかも登場する。能の歴史も入ってくる。そういうのが使えるなと思って、何作かやりました。でも、文化史に魅力を感じる歌人って多くないので、わかりにくい。歴史はもうやめました。

――読者の側に。

馬場　ええ。読者の側に歴史を許容する力がなくなっているから、面白く読んでもらえない。それよりむしろ口語ですよ。口語もいいものです。もっと、もっと磨いていくことが大切ですね。

昭和六十年、旧仮名遣いに改める

――『葡萄唐草』は旧仮名に戻って以降の歌集ですね。第八歌集『晩花』（昭60）で旧仮名遣いに戻っています。ということは、ここまでは新仮名でがんばっていたのか。

馬場　いやあ、もう、そこで限界でしたね、新仮名は。佐佐木幸綱さんは新仮名で頑張ってますね。

――歌風が違いますから。

馬場　どこで旧仮名に戻ろうか、そおっと戻ろうって。

――それは無理でしょう（笑）。

馬場　短歌新聞社から出した本で戻ったのよ。社主の石黒清介は喜んで宣伝しちゃったものだから、ここで戻ったということが明らかになった。

――「馬場あき子、帰還せり」みたいな。全部の歌集を旧仮名にするなんてことは、もうされないわけですね。定本とか全歌集とかも。

馬場　そうねえ。『桜花伝承』（昭52）は旧仮名にしたいけどねえ。

――そういう心理って、やはりあるんですね。

馬場　ありますよ。だけど、全部を旧仮名にするっていったら、今まで引用されたものはどうなるのかという問題があるんです。今まで出された評論のほうがこれからよりは多いでしょう。そうすると、やはり昔のまま生かしたほうがいいとかね。なかなかむつかしいのね、そういうのって。

――でも、リアルタイムでは如何ともしがたかったんですよね。流れを見てゆくとよくわかるけれど、そのときどきの必然性がある。

馬場　そうなんです。旧仮名のまま続けていればよかったのに、自分が中学の先生をやったでしょう。文部省の過渡期にぶつかっているわけだから、まず、教員が新仮名を覚えなきゃならない。それを教えるわけよ。「きみたち、小学校でこう習ったけど、今度はこうなった。なぜかというと」というのをやらなきゃならない。そう教えているのに自分が使わないってわけにいかないじゃないの。

――でも、安らかにずーっと旧仮名できたら、こんなにいい歌集になってないと思いますよ。無理な感じとか相克みたいなものが馬場さんにはいつもつきまとって力になっているように見えます。

馬場　そうだ、そうだ。それはいいこと、言ってくれた。

――その火花みたいなものが歌人馬場あき子を作っているなあと。

馬場　つねに二つのものが（みぞおちの辺りで）、もじゃもじゃ絡み合い嚙み合ってるのよね。

――最初から、それは感じていて、この人はすごく内気な静かな人なのか、それともみんなに号令をかける親分なのか、いまだにわからない。

馬場　いまだに私もわからない。すごく遠慮っぽいのよ、私（笑）。

――本当だと思います。それが馬場さんの魅力なのか。

馬場　集団になれば、すぐその中でお手伝さんをしちゃう性質《たち》があるし。教員室でお茶汲みをやって、三枝昂之に「反動ッ、やめろーッ」て怒鳴られて、「エッ、お茶淹れるの私うまいのに、反動なの！」と思ったり。

――三枝さんとそんな関係なんですか。もうちょっと馬場さんのほうがお姉さんで偉いんじゃないんですか。

馬場　三枝さん若くギラギラで入ってきてるから（笑）。

――それがもうわからない。ギラギラの三枝さんを知らないですから。

馬場　知らないよね

――今は紳士という感じ。

馬場　そのころの三枝といったら、ゲバ棒でしょ。同僚の下村道子が「今度、こういう新しいのが入ってきた。馬場がやってた文化部に入ったから、部長争いになるよ」と言うから「エーッ、三枝が文化部だって？　やだなあ。でも、私が部長だよ」って言った覚えがあるけど。三枝と文化部をやってたの。赤羽商業高校という、定時制の学校のね。

あのころのことは芝居にでも映画にでもなりそうなくらい。赤羽商業って何ともいえないおもしろい学校だった。教師の一人一人が個性的で、つわもの揃いだった。学校に行くのが楽しい刺激だらけでした。

世阿弥の「花」を追求

馬場　もう一つ、『桜花伝承』（昭52）という名前、これが私の曲がり角の名前だと思うのね。今まで『無限花序』から、歌集名に「花」を全部つけてきたの。『飛花抄』（昭45）『ふぶき浜』（昭56）は雪だからいいだろうというので。『晩花』（昭60）とか、やったけれど。花って何だろうというと、世阿弥の「花」からのイメージをもらっているのね。自分も世阿弥の言う「花」というものをもう少し追求してみたいと思って、歌集に花の名前を選んだというのがあるんです。

その初めが『無限花序』です。「咲き上っていく花っていいなあ」と言ったら、北沢郁子さんが「無限花序と言うのよ」と教えてくれたの。それ、タイトルにいいなあと思って、『無限花序』の名前に決定したの。だから、北沢さんがつけてくれたようなものですね。

――いいタイトルですねえ。

馬場　『桜花伝承』も、三枝さんとどこかを旅してたときだなあ。「桜の花をタイトルにつけようと思うんだ。伝説かなあ、説話かなあ、伝承かなあ」と言ったら、「伝承だよ」と言ったので、『桜花伝承』が決まった。本人は忘れていると思う、会話だから。

――そのあたり、歌集名もいいですね。「無限花序」って、何か由来のある言葉ですか。

馬場　植物の花の咲き方の名称。例えば紫陽花は円形花序、葵みたいなのは無限花序。丸く付くか、縦に伸びていくか、下がるのも、藤なんかも無限花序だし、いろいろな花序の名前があるのよ。

――そんな散文的な、事典的な名前なんですか。てっきり、古典芸能的な由来があるのかと思ってましたが。

馬場　ない。

――歌集名はけっこう迷うほうですか。

馬場　あまり迷わない。単純。そんなに迷ったってしようがないから。

これが中期の一つの歌風であって、『葡萄唐草』（昭60）に行くんです。『南島』（平3）でもう一遍、展開できるかと思いましたが、『南島』では口語を入れることに魅力をもっていました。でもまだあまり実践できていません。それから、第十五歌集『飛種』（平8）あたりで一つの段階になっている。

――僕が知ってる馬場さんはどこからなんだろう（笑）。

馬場　穂村さんに歌集を送り始めたのはどの辺からかしら。

――うーん。馬場さんに初めてお会いしたのはいつだったんだろう。

馬場　「象のうんこ」をいただいたときから送り始めてると思うよ。これはすごい歌人が出たと思ったから。あれ（『シンジケート』）を出したのはいつですか。

――平成二（一九九〇）年ですね。

馬場　じゃ、けっこう送っているかもね。

昭和52年『桜花伝承』刊行の年。

『葡萄唐草』の開眼

姑と父を失う、『ふぶき浜』のころ

馬場　今日はどこから話したらいいんでしょう。前の回でも、少しお話ししましたが、第七歌集の『ふぶき浜』（昭56）のところを少しお話ししましょうか。あの時期が一番苦しいところだったんだけど、あそこが抜けちゃってるわね。あのころは面倒を見る年寄りを三人抱えて苦労してたんです。姑と継母と父と。

――もうそのとき、お継母《かあ》さんも調子が悪かったんですか。

馬場　ええ。舅が亡くなったあと、姑が認知症になって、まだ少なかった千葉の養護施設に預かってもらって八年間。その葬式が終わったとたんに、今度は私の継母が体が悪くなって入院して、出てきたら、また認知症になって。

――そういうことは年譜には出ないですね。

馬場　そうねえ。親の不運が十六年間ですよ。『阿古父』（第十三歌集、平5）は父を詠んだ歌集だけれど、そのとき継母は養護施設に入ってた。

――この時点でそうなんだ。

馬場　『ふぶき浜』のときは姑のほうでしたが、そういう施設がまだ少なくて、みつけるのもたいへんでした。

――『ふぶき浜』から『阿古父』まで十年以上ありますね。

馬場　その間はもう親がつぎつぎでねえ。

――それでいて、たくさんの仕事もされてたんですね。「かりん」創刊（昭53）の直後からですよね。

馬場　そう。以前にも少しふれたけれど認知症ということばがまだあまり知られてなかったのよ。認知症ではなくてまだ老耄ですよ。

三枝昂之さん、田村広志さんとか、いろいろ世話になった。二〇一一年の震災で被害の大きかった千葉県の旭にキリスト教の養護施設があって、そこに入れてもらえるようになったのは、昔の同僚の英語の先生の旦那さんが東大（病院）の精神科の先生だったから。そこまで三枝さんが運転する車で行くことになったんだけど、両国でその車が故障するじゃないの。私は入院用の大荷物を三つ手にさげて、岩田は老母を背負って、駅の階段を上がるときの情けなかったことったらないわね（笑）。

――岩田さん、背負えたんですか。

馬場　いやあ、そのころ渾身の力を出して、背負ったのよ。

――あんなに華奢な岩田さんが。

馬場　うん。親だもの、まさに懸命でしたね。旭の施設に行ったら、キリスト教だからマリア様とかイエス様の像が立っているわけ。姑は何と言ったと思う。「あらっ、この病院は耶蘇《やそ》でござんすねえ」って（笑）。

――ああ、そういう世代ですね。

馬場　そう。「あたしゃ耶蘇のことはよくわかりません」って。「いいのよ、耶蘇のことはわからなくて」となだめたりしてね（笑）。

――お父さんは長生きだったんですね。亡くなったときは九十歳ですか。

馬場　そうです。戦争中、甲状腺肥大が見つかって、そのまま戦争中を過ごしたという話は、もうしましたけれど、戦争が終わったら、今度は事業の失敗とか食糧不足とかなんかで忙しくって、手術なんかできなくて、それでずーっとごく普通に暮らしていたんだけれど、八十歳くらいになって腫れてきた。ときどき血が出るなんて言うから、慌てて専門の病院に連れて行ったの。

――それはいつごろの話なんですか。

馬場　父が死ぬ、数年前ですよ。

――では結局、生涯、手術しないまま九十歳まで。

馬場　それがねえ。九十歳になると自分でもうダメだと思ったのか、「俺は死にに行く」と言って、いろいろなものを全部整理して、風呂敷包みを持って、大きな専門病院に行きそのまま入院したんです。先生には即刻入院といわれたのに、断って帰ってきてしまったこともありましたが、最後に、「俺も九十になる。医学のために貢献したいから手術する」と言い出したの。

でも、結局、甲状腺肥大だったのが癌になって、いっぱいに広がっていた。若い俊敏な医長先生だったけど、正直な先生で、あとでわれわれに謝った。「私の若気の至りで、取りたくなって、全部取ってしまいました。そのときに弱っていた食道を傷つけてしまいました。何とお詫びを申していいかわからない」と言われてね。父も歳は九十だし、医者も一生懸命やったんだから、いたしかたないことだと。

――甲状腺癌ですか。

馬場　そうです。

――じゃ、もしかして早めに治療していたら、百何歳とかまで生きていらしたかもしれないですね。

馬場　そうね。よくそんな話をします。そして『ふぶき浜』の歌は姑を介護していた場面の歌なんです。この時代が一番情けなく悲しかったですね。〈捨て船と捨て船結ぶもがり縄この世ふぶけば荒寥の砂〉こんな歌詠みました。正月は施設も休みになり、姑をつれて、岩田と旅館を転々としていました。

――お父様が亡くなったときの一連は平成に入ってから出された『阿古父』に入ってますけど、非常に張り詰めた厳しい文体で、見据えるように父の最期に向かっているという印象です。

馬場　そうねえ。私はもう、苦痛を見守るのが気の毒で、つらくて、苦しくて。でも、しようがないから、三日おきくらいに見舞いに行ってましたけどね。だって、治療の方法がもうないんだもの。手術をするか、しないかだけで。それも成功するかどうか。

――でも、歌い留めてますね、お父さんの最期の姿を。

馬場　そうね。最期の姿だけはせめて歌で残そうと思っていましたからね。

〈麻酔より醒めくる父は何者ぞ怪《け》鳥の貌をもて甦《かへ》りくる〉

馬場　その歌、読むのもいやですね。思い出しちゃうの。

――だから、すごいなあと思って。

馬場　『阿古父』で読売文学賞をもらったんですけど（平6）、大江健三郎さんが選考委員で、実にいい話をしてくれたんです。そのテープがないのが残念です。

『葡萄唐草』は開眼の一連

馬場　少し戻って迢空賞を受賞した『葡萄唐草』（第九歌集、昭60）について少しお話ししたいと思います。『晩花』（第八歌集、昭60）から旧仮名遣いに戻した話は、前回しました。その後、マンネリになっていて、苦しいときだったんです。黒川に逃げて行ったり、旅をしたりして、現実から逃げているというところがあるんだけど。結局は旅に厳しいものを求めているのね、おのずから自分の内面的なものと重なるところを求めながら、冬の海、北陸、黒川の庄内浜とか、そういうところへばっかり行ってたなあ。

ここで転機があったのは、歌として「葡萄唐草」の一連を作ったことでした。あるときに「かりん」の仲間が二十人くらいツアーを組んで、「未来」の宮岡昇さんが営む葡萄園の葡萄狩りに行くことになったの。だけど私は仕事が詰まっていて行かれず、しかも、ちょうど、作品五十首を頼まれていたんです。だから、うちにいて、「そうだ、よし、葡萄の歌を作ってやろう」と思った。それでこの五十首ができたんです。

〈きみが汗葡萄の香せり中ぐらいの幸せの香ときみは言ひたり〉の「きみ」が、その宮岡昇さん。「黒き葡萄」で角川短歌賞（第19回、昭和48年）を受けた歌人です。


――みんなは葡萄狩りに行って、馬場さんは行かないで作ったんですか。


馬場　それで、みんなから恨まれたんですけどね（笑）。これはすごい燃え上がって作った五十首です。私はとても果物が好きで、葡萄とかリンゴとかナシとか、しょっちゅう食べてるものだから、葡萄に恩返しをしようと思って、「葡萄の文化史」というのもあるだろうなと考えました。それでいろいろとやったわけです。

そのちょっと前に、メロンが二箱、あのころの小型のホームメロンだから、八個ぐらいゴロゴロと入っている箱が届いて、〈一箱のコサックメロン晴天の峡のハッパをかすかに笑ふ〉という歌を作りました。これを作ったとき、「ん？　これは植物の歌ができるぞ」という気がしていた。

メロンは十首くらいしかできなかったんですけど、葡萄を詠んでいくうちノリが生まれて、すごくおもしろかった。
巨峰は葡萄の近代の巨大異変種なんです。私はそのころ「新潟日報」の選歌をやっているんですけど。巨峰の夢を追い、でもうまくいかなくて、自分の葡萄畑を潰しちゃった人の歌が載っていたことがあった。それから、「かりん」に松本ノリ子さんという歌人がいるんですけど、その人のおじさんがやっぱり巨峰に憧れて、新潟で巨峰栽培に男の夢を燃え上がらせたまま、潰れてしまい、わずかに砂の扇状地が残っているという歌を詠んでいるんです。そういう話を知るにつけて巨峰というのはただものではないなと考えていたんです。巨峰はとても作りにくい葡萄で、手が要るらしい。

―― ああ、〈一房の巨峰重たき熱もてり近代の巨大異変種の末〉ですね。

馬場 そう。そういう突然生まれちゃった異常なものの末裔が巨峰なの。
葡萄の歴史を調べてみると、鎌倉時代、義経が頼朝に腰越状を書いているころ、山梨の雨宮勘解由《あめみやかげゆ》という人が、原生種の葡萄を見つけたそうです。それが今の「甲州」。外国にも「甲州」という名で通っている葡萄なのよ。そういうことを考えるとだんだんおもしろくなってきた。

―― おもしろいですね。ところで、和歌には、葡萄は詠まれてますか。

馬場 ないです。だけど、中国から来た「海獣葡萄鏡」があるし〈伏せておく海獣葡萄鏡の秋古き月光少し洩らせよ〉〈もろこしの遠さはかれど澄む秋の海獣葡萄鏡声沈むのみ〉などと歌いましたが、能装束の唐織の文様に葡萄が出て来るんです。だから、葡萄はあったんだけど、和歌全盛期の歌には詠まれてなかった。

——以前『岩波現代短歌辞典』をみんなで作ったとき、僕は「ぶどう」の項目を担当したんです。それで懸命に「葡萄の初出はどこなんだ」って調べたけどわからなくて、どうも和歌には詠まれてないんじゃないかなあと。

馬場　近代では佐佐木信綱が歌っている。〈幼きは幼きどちのものがたり葡萄のかげに月かたぶきぬ〉。だから、近代以降じゃないかなあ。

——だから、『岩波現代短歌辞典』には、『古事記』に古名「蒲子《えびかづらのみ》」が出てくるけど「葡萄は古歌には所見がない」とこわごわ書きました（笑）。

馬場　古歌にはないでしょう。

——それを書くのがすごく怖かったんです。

馬場　『国歌大観』で調べても、ないと思う。スイカもない。江戸時代から食べてたけど、やっぱり不気味でしょ。割ったら赤いなんて気味が悪い。ただね、俳句に葡萄はありますよ。〈黒葡萄天の甘露をうらやまず〉一茶です。

——葛原妙子さんはその不気味さが好きなのか、よく歌にされています。〈うすらなる空気の中に実りゐる葡萄の重さはかりがたしも〉（『葡萄木立』昭38）など。

馬場　そうね。〈口中に一粒の葡萄を潰したりすなはちわが目ふと暗きかも〉というのも怖いですね。そして葡萄が存在した歴史を考えていくと、信玄は上杉謙信に塩を送ったなんていうけど、あのころもきっと葡萄を食べてたと思うと、いろいろ空想するわけよ。永禄四年、川中島は霧が深い。そんな中でね、きっと信玄の葡萄もあり、謙信の葡萄もあったに違いないとかね。〈永禄四年川中島は秋深し信玄の葡萄謙信の葡萄〉など、一気に作った五十首です。

――戦国武将も食べていたであろうイメージですね。

馬場　珍しい果物だから、織田信長なんかが、一房の葡萄を舞の褒美に手づから翁太夫に与えたに違いないとか。〈芸の道なほふしぎとぞ一房の葡萄は賜ふ翁大夫《おきなだいふ》に〉。みんな、創作です。でも、すごく楽しかったですよ。

葡萄は張騫《ちょうけん》が西域から持ってきたでしょう。漢の武帝が初めて葡萄を見たのね。そして、未知の香を恐れたに違いないです。〈漢の武帝西方の葡萄つくづくと見て未知の香をおそれ給へり〉。

葡萄にまつわる話を随分したわね。

「葡萄」は、こういうことを考えているといくらでもできるなあってことを発見した最初です。その後も果物に凝って、リンゴの一連を作ってます。そしてこれを契機に、植物の文化史に非常に興味を持ってね。沢山、果実を歌うようになった。

――やっぱり好きだから歌うんですか。

馬場　そうですねえ。あんまり好きじゃない果物は歌ってないけれど。『葡萄唐草』の一連はそういう意味では開眼の一連と言って良いかもしれません。

馬場あき子の多層性

――話が最近のことになるけれど、最新歌集『あかゐあをゐ』（第二十四歌集、平25）では、虫の歌、エジプトの昆虫とか、すごくいっぱい作っていますよね（笑）。

馬場　私、虫が好きなのよ。チョウはこのごろおもしろくなりました。

――そうなんですか。

馬場　山本東次郎さんという人間国宝の狂言師からアポロウスバシロチョウを、ほしくてほしくて、ついにもらいうけたことがあります。羽にアポロの印の紅丸紋があるんですよ。日本昆虫協会副会長の岡田朝雄さんは昆虫の歌にすごく注目してくれてて、「未定」という雑誌にはしょっちゅう昆虫の歌を書いておられる。

最近（平成二十五年十二月）『百蟲一首』という著書を出されました。おもしろい虫の短歌と随筆風の虫の解説がユニークです。

――ゴキブリにさえ、心を寄せてますよね。（『飛種』［第十五歌集、平8］に）「虫暦」の一連がありました。

馬場　だって、ゴキブリって可哀想じゃないの（笑）。

――〈半打ちのままに逃がししごきぶりのそののちを眠れぬ夜に思ひをり〉（『あかゐあをゐ』）という歌もあります。

馬場　この間も逃がしてやった。テレビの裏に入っていったから、ま、いいや、来年まで生きておいでって。

この辺からですね。変なものに魅力を感じ出す。一つは植物、一つは虫なんです。虫はもうちょっと前からかな。イナゴを歌った〈もろ抱きに稲の葉茎《はがら》に居るからに愚直の心みゆるぞいなご〉（『ふぶき浜』昭56）がありますね。虫って虫眼鏡で見ると真面目な顔をしてるのよ。バッタなんて、見てごらんなさい、すごい真面目な顔をして生きているから。

――真面目って、どういうんですか（笑）。

馬場　いやーあ、あれがいちばん真面目な顔をしてるのよね、イナゴもね。それを見ると痛々しいわけよ。一生懸命生きているんだねえって思うから。そりゃ、猫だって犬だって真面目な顔をするけど、虫くらい真面目な顔をしているのはいないんじゃないの。

――お好きじゃない虫っていないんですか。

馬場　私は虫は好きだけど、いじるのは好きじゃないのよ（笑）。蚊も殺せないし。

――えっ、そうなんですか。

馬場　女の人でもパーンって必ずうまく摑まえる人がいるのよ。見事だなって思うけど自分では虫は殺せないわね。

もう一つ、穂村さんが『続馬場あき子歌集』（平16）の解説で書いてくださっている「多層性」、それもこの『葡萄唐草』あたりから個性になってくる。今という存在の中にいろいろな、これは自分以外ではない、というような記憶やイメージが重なってくる。天竺《てんじく》から見たら日本の仏なんて第三セクターだよっていうような、そういう日常的な発想も。

個人という存在は時間というものを背負ってるつもりがなくても背負ってるんだということを、『葡萄唐草』なんかでは、歌いながら感じていた。今は多種多様の葡萄があるけれど、それがとにかくエジプトの昔から生活の中にあったというようなことを空想しはじめると、うれしくなるのね。こんな多面的な昔があって、そして今の食品としての葡萄があるんだということ。

だいたい、食べものは、どれも人間の歴史とかかわってるわけじゃない。そういう人間の傍らにあった同時代者のような果実ってとてもすばらしい。

——ご自分で文献を読んだりして調べるんですね。

馬場　そうです、そうです。今の人たちはすぐインターネットで調べられるからいいけれど、少し前まではけっこう大変で、『植物事典』の詳しいのを図書館に行って、見たりなんかして。『飛種』なんて題をつけたりするのも、種を飛ばすという植物の力に感動していた時期だったんです。ふしぎな飛種の力を植物たちは個性的にもっているんですよ。

継母の死

馬場　やはり、平成元年に父が亡くなってから、少し違う気分になったかもしれません。それから継母が死ぬのが平成五年ですね。

――『阿古父』刊行の年ですか。トルコに行かれた年ですね。

馬場　そうでしたかね。継母が嫁いできたときの話は、最初のほうでしましたが、いいお母さんで、うれしい母子でしたよ。私はこの継母のことを思うと、もっと幸せにしてやらなきゃいけなかったのにと思う。

――お継母さんは幸せだったんじゃないですか。

馬場　どうかなあ。父は釣りにばっかり行っちゃうし、その間を私が一緒に映画を観たり何かしてなぐさめていましたけれど貧しかったから。父が戦後、失脚するというか、戦前にくらべて非常に貧乏になるわけです、事務所もやがて人手に渡したりしてね。非常につつましい生活をしながら、でもときどき日本舞踊なんかやってましたけど。父と母との晩年というものから、その人生を見ると、戦前、戦中、戦後を生きたこの世代は決して幸福じゃなかったと思いますね。時代の激変に耐えつつ生きなければならなかった人生ですよ。

これは私が小学校四、五年のころですが、母が父の帰りを待っている間、三味線を教えてくれることもありました。でも、私はどうも芸筋が悪くて、いつまでたっても手が上がらないわけ。それで「もう、この子は筋が悪いからダメよ」って放り出されてしまうものだから、縁側に座ってぼけーっと、明日咲くアサガオの蕾なんて見ているとお母さんがものすごい調子で、曲弾きみたいな激しい三味線を弾いたことがあった。「ああ、何だろう、これは一体。怖いような場面だなあ」と思ってたら、ぱーんって撥《ばち》を放り出して、「あー、私、もうダメになったわ」って言うの。そのとき、とっても悲しくてね。そのころはまだ趣味として三味線も弾けたけど、昭和も十六年を越えれば三味線も弾けなくなるわけ。国として、戦争が始まるから。

お母さんには戦後、三味線をプレゼントしました。だけど、戦争で家は焼けてしまっているから、他の家族と同居して一間を借りたりしていて、ついにその三味線を弾くことなく終わっちゃった。そう思うと、ああ、悲しいなあと思う。『飛種』（平8）はそんなお母さんの挽歌が出て来るわけです。

――実のお母さんは結核で早く亡くなってしまうし、そういう人々の思いが馬場さんに全部乗り移っているような。

馬場　そう。私、乗り移られるたちだから、みんな乗り移って歌っているんですよ。

父が死んで、昭和が終わって、継母が亡くなって、全部終わった気がした。たとえ老耄であっても、母という人がいてくれるというのは違うんだということがわかりましたね。父が死んだ日は国立能楽堂で「平家物語にみる死の諸相」をテーマで話すことになっていました。その朝、父の棺を置いて、国立能楽堂に行って講演をして、帰って来てから、お通夜の会場に棺を運んで、というようなありさまでした。

継母が死んだときは地方の講演に行ってて、死んだ連絡が耳に届いて来ず、静岡の病院に一日置いて行ったため看護師長にこっぴどく叱られてね。「親が死んだのにどこへ行ってた」って。「いや、ちょっとした講演会がありまして」と言ったら、「そんなものはやめて、来るべきだ」と叱られた。

骨にしてしか帰れないから、焼場を紹介してもらって、そこで焼いたの。親が死んでもすぐに来られないなどというのだから貧しい家だと同情もされ、最低の焼却炉でしたね。「可哀想にね。お母さん、ごめんよ」って。帰りに安倍川でお母さんの好きな安倍川餅を買いました。

もう自分を知る人はいないという寂しさ

——平成七年あたりからかな。お父さんもお母さんも亡くなった後の馬場さんの活動はものすごくて、毎年歌集が出て、毎年海外に行って、毎年受賞してというような感じになりますね。

馬場　最後に継母が死んだとき、天涯孤独になった気がしたんです。自分の周辺に何にもなくなっちゃったんだって。兄弟もいないし、両親が亡くなった後の空虚感は、旅でもしなければ収まらなかったんじゃないかしら。

——馬場さんにとっての「寂しい」という感覚にとても興味があるんです。この世の栄誉とか周囲に人がたくさんいるとかでいうと、もうこの上はないというところまで来ていると思うんですけど、それでも寂しいんですか。

馬場　親がないというのはねえ。原点がなくなったことなのね。

——それは取り返しがつかないですね。

馬場　やがて穂村さんも経験すると思うけど、七十過ぎると親しい人や知人がつぎつぎ死んでいく。自分を知っている人がみんな死んでいくんです。自分の過去を知っている人がどんどんいなくなるんですよ。〈誰をかも知る人にせむ高砂の松も昔の友ならなくに〉（藤原興風）と、平安時代の老人の気持ちと同じなんですね。つまり、自分を知る人がいなくなる。それはすごく寂しいことで、若者と一緒にわいわいやっていても、本当のところ仲間として私は入れないでしょ。

この寂しさは年とればみんなが持っている寂しさで、享受しなければいけないものだと思う。

——馬場さんには「まひる野」入会以来の友人だってまだいるわけだし、普通に比べればたくさんいるじゃないですか。

馬場　でもね、それらの人が文学の人であるかどうか、ということはあるでしょ。文学の人であれば、それでまた考え方がちがったりもするし、その人たちはまたそれぞれの寂しさを味わうわけで、六十過ぎたらもう自分自身との対話だけがたよりですよ。

——そうか。これから寂しくなってくるのかなあ（笑）。馬場さんが寂しいんじゃや、すべての人が寂しいように思うけれど。

馬場　今にわかりますよ。歌を作るときだけ、それを自覚するのね。

——でも馬場さんには岩田さんがいるじゃないですか、ずっと同じ世界で、盟友であり、夫としてともに生きてこられた。

馬場　そういうもんじゃないのよ。岩田は岩田なりに寂しさと空しさを感じてます。最後は自分は自分であって。

——じゃ、どうしたら人間は……。

馬場　歌人は歌を作る以外、ないのよ。それで、毎日、歌を作る。

――それじゃ、寂しくなくなっても困りますね。歌を作る源がなくなっちゃうから。

馬場　寂しいから作るじゃないの。充実を求めて作るもの、歌は。結局、最後の友達は歌だけなのよ。

――そうですか。

馬場　今にわかるよ（笑）。

――怖いですねえ（笑）。

平成７年、自宅にて。

昭和から平成へ

大きな時代の曲がり角

――平成に入ってからは、どこにポイントを絞ったらいいだろう。歌集も多くて、受賞も多いですね。

馬場　昭和が終わるということ。昭和天皇が亡くなられる前の年、昭和六十三年ですが、秋、雨ばっかり降っていましたね。

――そうでした。

馬場　昭和天皇が亡くなる前の年は怖いような年だった。

『葡萄唐草』が出た年は昭和六十年で、御巣《おす》鷹山《たかやま》の日航機墜落事故があった年なんです。八月ですね。『晩花』を六月に、十一月に『葡萄唐草』を出しました。昭和六十二年には大韓航空機の爆破事件がありました。

その翌年の昭和六十三年、私はそのころ川崎の教育委員をやっていましてね。昭和六十四年の正月の七日、初会合に行くと、「中止」。昭和天皇が亡くなったというので、呆然としてそのまま帰ってきた記憶があるけれど。昭和の終わりというのは、何とも不思議な気分でしたね。そして昭和が終わるとガクッとトーンが落ちちゃうのね。半分、人生が消えちゃったような気持ちでしたね。

――やはり戦争を経験している人間と、してない人間では、昭和天皇の死のイメージが全然違うと思うんですよね。

馬場　ああ、違うのね。穂村さんたちには、一人の老人が亡くなったくらいかな。

――何ていうか、「人間」になって以降の天皇しか知らないから、おっしゃるように一人の老人が亡くなったという感覚に近いかな。

馬場　山中智恵子さんが「雨師《うし》」と言ったのは、昭和天皇が亡くなる前年の秋からのあの長い雨なんですよ。〈昭和天皇雨師《うし》としはふりひえびえとわがうちの天皇制ほろびたり〉。

――馬場さんに言わせると山中さんは「行動しない極左」だそうだから（笑）。

馬場　水原紫苑もそう。

――馬場さんはどうだったんですか。かつて行動する左だった時代があって。

馬場　昭和三十六、七年ころまでですかね。いたし方なくみんなが行動をやめて生業に就き始めた。三枝昂之さんも私と同じ学校に赴任してくる。下村道子さんも赴任してくる。夜になると小中英之とかが、「おーい、来てるぞ」って迎えに来て、飲み屋に行く。そういうのが続いていたでしょう。

四十年代の三島由紀夫が死ぬところ（昭和四十五年）まではお互いに行き来があったんです。でも三島が死んだ後から何か違ってきましたね。鎮静化に向かうというか。そして物が庶民の末端まで潤沢になってきて、昭和五十年代になったら、高度成長期が終わったと言われながらも気分は終わってなかったですよ。

塚本さんと岡井さん

馬場　ところで穂村さんは何年生まれですか。

――昭和三十七年です。

馬場　じゃ、五十年代になるといろいろなものが見えてきて、わかったでしょう。

――そうですけど、つまり思想や政治性の時代ではなくて、経済の時代になっちゃって、そうすると右も左も相対化されてしまって、みんなが経済的豊かさの追求で血道を上げる。

馬場　そんな中でトイレットペーパーがなくなったり。

――それは覚えてますね。あれは不思議な事件でした。

馬場　何だったんだろう、あれ（笑）。

――オイルショックですね。十歳くらいでした。なんか印象的でしたね。

馬場　それよりも、なんで穂村さんは歌なんか始めたの。逆質問になるけど。

――僕は高度成長期の子どもで、バブル期に学生だったのですが、みんながテニスをやったりサーフィンをしたりする空気についていききれなくて、それで反動が起きて。

馬場　でも、なぜ歌だったの。俳句か詩でしょう、ふつう。

——いやあ、僕の感覚では定型の五七五七七がゲームのルールみたいに見えていて、それに惹かれました。
馬場 なるほど、ゲーム感覚ね。
——そうですねえ。塚本邦雄さんの歌って、すごくシビアにも見えるけれど一方でゲーム的でもあるじゃないですか。戦争のモチーフとか、美学みたいなものを感じとらなければ、すごくゲームっぽい歌に見えるんです。
馬場 はあ、そうか。それ、いつごろの歌ですか。『裝飾樂句』（昭31）のころからの歌を読んでいるの。
——わりと最初から。今見ても、そう感じますけどね。
馬場 最初の歌はゲームっぽいのね。
——ええ。ことばを組み合わせている。
馬場 だけど、『感幻樂』（昭44）から後、ちょっと違ってくるでしょ。
——そうですね。『綠色研究』（昭40）くらいまでがすごくデジタルな感じで、〈日本脱出したし　皇帝ペンギンも皇帝ペンギン飼育係りも〉とか、ああいうのはパズルみたいに感じますね。
馬場 パズルですか。塚本さんの歌はずっと生きられるんですね。こういうところが。時代にかかわってしまった岡井隆さんとか、われわれの中期の歌はなかなか生き残りにくいところがあるんですね。

――　みんなが歌の背景を知らなくなっていますからね。

馬場　うん、そうなるとね。岡井さんの『土地よ、痛みを負え』（昭36）あたり、社会的な事象を前衛の手法で歌われたときの歌がいちばん難しいかも。

――〈キシヲタオ……しその後《のち》に来んもの思《も》えば夏曙《あけぼの》の erectio penis〉の「キシ」をずっと「騎士」だと思ってました（笑）。カタカナで書かれているからわからなくて。あれは岸首相のことですね。

馬場　そう。みんなで怒号してた〈キシヲタオセ！〉って。

――　シュプレヒコールみたいな感じですか。

馬場　シュプレヒコールですよ。国会の前で渦巻きデモして、「キシヲッ、タオセッ。キシヲッ、タオセッ」と。

――　僕が知っている首相は佐藤栄作以降だから（笑）。だいぶ後になってから気がつきました。そういうことってありますね。知ってる人にとってはバカみたいなことなんだろうけれど、「岸を倒せ」という慣用句を知らないから。

馬場　おもしろいわね、そういうところ。穂村さんは口語で歌を作りだしたの？　それともときどき文語を入れようと思いだしたの？

――　口語という意識はあまりなくて。塚本さんの文体って、実は文語らしい流麗な用言の歌ではなくて、体言の、名詞を並べる文語じゃないですか。そこには意外と口語と文語の差がないというか。五七五七七を名詞で埋め尽くしてしまうと文語でも口語でも歌は同じになると思うんです。だから、岡井さんや馬場さんの歌のほうがわからなかった。助詞や助動詞が機能しているほど、歌が難しくて。塚本さんの歌が難解に見えるのは歌壇のプロパーの人であって、素人は必ずしもそうではない。むしろ助詞、助動詞を柔らかく高度に使う歌のほうが難しいという転倒が起きていた。今でもそうだと思います。

馬場　でも、塚本さんは『感幻樂』以後、どんどん助動詞が増えてくる。あの辺の微妙なおもしろさは私と非常に近いのでね。

――それで馬場さんと接近したわけでしょう。

馬場　そうね。そしてまた、そうなると塚本さんが批評してくれて褒めてくれると、これはいいものだと思えてね。塚本さんにはずいぶんいろいろ部分的に褒めてもらって、自信を得たということがありますよ。不思議な人でしたね。あの変な短いことばで褒められると、「これはよろしい」なんて（関西弁で）言われると、本当にいいんだという気になるわけよ（笑）。

――逆に、馬場さんから見て塚本さんや岡井さんの歌でこういうのが好きというのはどのあたりですか。

馬場　ありますよ。自分がストレートに社会的なものを歌わなくなっていくわけでしょう。そういうときに前衛的手法は大事だということに気がつく。そういうときの岡井さんの歌い方は大いに参考になりました。〈渤海のかなた瀕死の白鳥を呼び出しており電話口まで〉なんてカッコいいなあ。

自分が社会派歌人と呼ばれていた昭和三十年代、岡井さんのように歌いたいと思いましたね。

――『地下にともる灯』（昭34）とかのころですか。

馬場　そう、あのころね。これではダメだという自己否定の彼方に岡井さんがあったわけね。同時に、塚本さんの『装飾樂句』なんかはわからなかった。『綠色研究』は嫌いだった。『感幻樂』から急にフィットしたのよ。これはすごい、そうだったんだってさかのぼって、過去がみんなわかるような気がして、以後塚本さんの歌をよく読み直すようになりました。

――やはり『感幻樂』から古典的摂取がすごく前面に出てきますね。

馬場　出てきますね。『青き菊の主題』（昭48）なんかもありましたけどね。私には中世のあやしい時代感、わかる気がしてたから。

男性性と女性性

――馬場さんにとっての盟友関係とかライバル関係で思い浮かぶのはどんな方になるんですか。女性の歌人では。

馬場　大西民子さんとは仲良しでした。それから、安永蕗子さんね。客観的にはライバルではあったかもしれないけれど、かなり仲がよかった。かなり過激な短歌状況論を語りあっていました、安永さんとは。熊本にずいぶん呼んでくれて、二人でよくお酒を飲みましたよ。

――彼女は東京にいたことはないんですか。

馬場　ないです。
――ずっと熊本で。
馬場　拠点として。
――距離はすごい遠いですね。
馬場　それから姉事できたのは森岡貞香《さだか》さんね。すごく気さくな人で、いろいろなことを教えてくれて、いいお姉さんでした。
――みんな大正生まれですね。微妙なところですけれど、馬場さんだけが昭和生まれです。
馬場　そうなのよ。うん、その安心感ってあったかな。尾崎左永子さんもよく一緒に何かしましたね。安永、尾崎、馬場で、よくいろいろなところで座談会をさせてもらった。尾崎さんとも仲がいいんだけど。あの人は私より一つ上なのよ。だけど、私はなぜか妹に対するように「左永子ちゃん、左永子ちゃん、こうしちゃダメ」とかって言ってましたね。尾崎さんも「何となく馬場さんがいると、お姉ちゃんって言いたくなっちゃう」と言うから、「うん、大丈夫だよ」って（笑）。
――尾崎さんは昭和二年生まれですね。
馬場　春日真木子さんは八十八歳。
――みなさんお元気ですね。
馬場　元気ですよ。宮英子さんは九十七歳ですか。（編註＝二〇一五年六月二十六日没。98歳）フランスに行って遊んだり、元気ですね。

女の人にはもともと遊びごころがあるし。それから、みんなそうとは言えないけど、女の人には「どうでもいいわ」という最後の「捨て台詞」があるのよ。男の人は「どうでもいいわ」とは言えない。その違いって、ものすごく大きいですよ。栗木京子さんとか、あの世代が言えるかどうか知らないけれど。

私たちはつねに男の人から外れた世界で育ってきて、いろいろしゃべっているけれど、歌人協会でも「青の会」でも、男の人がしゃべるのを聞いて育ってるわけ。だから、女の世界じゃないのよ、ここは。男のエリアの中に入れてもらってるわけ。だから、ただ黙って存在しているだけだった。「あの人たち、何かやってるみたい」ということで、「あの人たち」なのよ。今は違いますよね。きっと。

――どうかなあ。ただ、どんどんフラットにはなっていると思います。

馬場 フラットにはなっているけれども、何かやろうとするとき、女に相談しないでしょ。

――う〜ん。まだ、そうかなあ。

馬場 女の人と相談して何かやろうということって、歌人には珍しいと思うなあ。技術を持っている女の人、例えば音楽家でバイオリンがすごくうまい人とか、フルートが上手な人とか、「あの人と組んで何か企てよう」ということはあるけれど、歌人ではどうかしら。マネージャーみたいなことしてくれる人はいるけれど。

――結局、馬場さんしかできなかったわけですね。そのような逆風の時代と環境の中の女性としては。評論とかの書き方を見ても、馬場さんだけが女性性と男性性を両方備えたスタイルで、散文も韻文も書けたという、結果的にはそうですね。

馬場　そうかなあ。このごろ、随筆しか書いてないけど。

――これだけやれば（笑）。

今度は島かな

――昭和五十八年にはじめて海外に行かれて、平成七年からは、毎年のように海外に行ってらっしゃいますけど、もう行かないんですか。

馬場　もう肉体的に行けないですね。

――平成十五年、七十五歳の時、ネパールへ行かれてますが、最後はいつですか。

馬場　多分、スイスですよ。数年前じゃないかな。八十になってから行ってないかな。

――シルクロード、ドイツ、モロッコ……。

馬場　ネパールは、最も魅力的でしたよ。だけど、長期間の暮らしができないのよ、あそこは。標高が高くて。三〇〇〇メートルまでは行くけど、三五〇〇メートルまで行くと気分が悪くて。酸素が足りなくなってね。歩けないから馬で行くのよ。

――何でそんなところに行ったんですか。

馬場　これもまたおもしろいんですよ。私はいつもひょっと出会ったのが契機になっちゃうんですけれど。新潟に近藤亭というおじいさんがいるのよ。「新潟日報」の歌壇に歌を投稿してくるわけ。その人がよくネパールの歌を出してくるので、ある日、会ってみたの。そうしたら、すごいおじいさんだったの。

新潟大学の助教授をやっていて、定年近くになったとき、国際協力事業団から果樹栽培専門家としてネパールに派遣されたのよ。ネパールの農民が耕作法にうとくて、貧しいのを見て、感奮興起しちゃうの。帰って来て、自分の田畑、屋敷、全部売って、それを奥さんと娘二人と自分とで四等分して、四分の一のお金を握って「ネパールに骨を埋める」って、行っちゃうような人よ。家族とも離縁して、ネパールに行く前に東大で農業の勉強をして、そして、アッパーネパールと呼ばれる高地を開発しちゃうの。今やネパールでは有名な人。講談社などから三冊くらい、本を出していますよ。大正十年生まれだから今、九十三歳です。

その人と会って、感動し合って抱き合って。もうダメなのよねそうなったら。「私も行く、行く、行く」です。「ネパールに行かないか」って、二十人くらいつれて行っちゃうのよ。また、その旅のおもしろかったこと。それからアフリカもおもしろかったなあ。

——そういうところがお好きなら、今の日本はいちばん、馬場さんにとってはつまらないんじゃないですか。

馬場　つまらないですよ。隠岐島は何度も行きましたが、後は対馬とか、あっちまで行くほかないですよ。

——尖閣諸島とか（笑）。

馬場　中村稔さんの『食卓の愉しみについて』（平25）という本の「尖閣諸島問題について」を読みました。資料たっぷりで、よく調べてありますね。いちばん古い尖閣諸島の記録はどこかというところから順に資料を全部集めて、どこの国のものでもないという結論を出している。あれは読みごたえのあるおもしろいものでした。あれを読んで、どこの国のものでもないことがよくわかりました。

——それを歌でやったらいいんじゃないですか。馬場さんならできそう（笑）。

口語と文語が交じってもいいじゃないか

——口語と文語のことについても伺いたいのですが。

馬場　私自身は『南島』（第十二歌集、平3）の旅のころから、気分としては口語発想であるけれど文語で詠んでいます。だけど、どこからか口語が増えて来る。穂村さんから言われたとおり、口語を一遍使ってみると、口語というのは麻薬でね、止まらないのよ。この麻薬を年中、身につけていたくなるわけ。歌を作るのが楽になるのよ、口語をいじると。日常の言葉をそのまま出せばいいわけですからね。

ただ、それだけでは、音律感がだらしなくなって、穂村さんのように付け合わせがうまくいかないから、下の句を文語にしたり、上の句を文語にしたり、そういう調整をやっているうちに、口語に達者になり、楽しくなるわね。しかも、電車の中で聞いた断片の言葉とか、こういうのが非常におもしろい。

新聞だって今は口語と文語を使ってるわけよ。「その結果、如何」とか、「～の行方」なんて、あれは文語ですよ。そういうことばを新聞も使っているし、高校生くらいの会話だと文語、口語を交じえて使っている人がいっぱいいますよ。

だから、かえって現代のもの言いというかことばというのは文語と口語が交じってもいいんじゃないか。ちょっとカッコよく言おうと思うとき、高校生なんか文語っぽい言い方でものを言ったりしてますよ。古典も習うから、その中でいいなと思うことばをけっこう使っているんじゃないかな。

私はこれからも両方使っていくだろうなと思います。佐佐木幸綱さんに「文語の歌人が少なくなるから、文語で一人くらいやったら」と言われたことあるけれど、これは罠みたいなところがあって、下手すると一遍にダメになりそうだと思ったから、途中でやめたの。

――口語の歌を詠んでも、馬場さんの精神性みたいなものは滲み出ているという感じがします。〈都市はもう混沌として人間はみそらーめんのやうなかなしみ〉（『世紀』平13）、〈ロシアンレビューいそいそとして見にゆけりかういうの好きだつたのかこの人〉（『飛天の道』平12）。馬場さんの顔が浮かぶ口語というのかなあ。〈人間はみそらーめんのやうなかなしみ〉って、いかにも言いそう。

馬場　そうねえ。年中、私が言ってるようなことを口語のときはかなり使ってますね。

――だから、人柄はすごい出ていますよね。

馬場　口語は無理して使ってないわよね。

――最新歌集でも〈あやめ咲くころの冷たい闇が好き若き日ふたりは歩いていつた〉とか、これは胸に沁みるものがありますね。

馬場　もう二人は歩かないのよ（笑）。

――〈どしやぶりの雨の中から駆け込んで新鮮なからだ珈琲を飲む〉、これも生きてますね、口語が。

馬場　でも、私のはわりと柔らかい口語で、穂村さんたちとか、今の子が使う口語はもうちょっと過激性があるんじゃないかな。

――そうですね。ふっくらした感じの口語ですね。〈近づけば目の奥までも白くなる桜まんかいおかあさんとよぶ〉、ジーンと来るものがありますねえ。

馬場　「おかあさん」、ねえ。

――こういう衝動的な情感は口語のほうが出るのかも。一瞬、子どもに返った心みたいなものがこれですごく出ているように感じます。

馬場　穂村さんは口語だけでいくとき、激しさを出そうとするときとか、強い意志を出そうとするときはどういうものになるんだろう。

――うーん、難しい。やっぱり、「幼い」ってずーっと言われ続けてますね。僕だけじゃないでしょうけど。口語の歌は文語脈を使いこなす人からは全く幼くて、ふわふわして見えるんでしょう。

馬場　それは穂村さんが一つの試金石なので、六十になったときどういう口語を使うか。谷川俊太郎みたいな世界をどう取り込んでいけるのかということでしょうね。

――そう言えばそうですね。彼は口語ですけれど、苦さがあります。

馬場　だから、谷川俊太郎に行くのだろうなあという予測は考えていますけど。

――僕らの世代はなかなかあの苦さが出ないんですねえ。

馬場　今に出ますよ。

――苦くなるのかなあ、みんな。

馬場　苦ーいことしか言えなくなってきますよ、今に。だから前衛を歴史の中の過去にしたくないのは、そのころ拓いた手法でしか、ものが言えない時代が来るんじゃないかと思えてね。

――戦時下みたいに、高度な比喩によってしか、ものが言えない。

馬場　そうよ。一般的にはわからない。〈戦争が廊下の奥に立つてゐた〉（渡辺白泉）って何でしょう。へんな俳句ですね、などと。前衛というとすぐ塚本さんを思う人多いと思いますが、彼が開拓した手法という意味ではなく、いま若い人たちが工夫している手法も含めて、広く深い喩法とか、時間軸の変換とか、区切れのあとの余白の含みとか、いろいろです。

――白泉では他にも〈憲兵の前で滑つて転んぢやつた〉〈銃後といふ不思議な町を丘で見た〉とか。そこまで悪くなりますか。

馬場　どうでしょう。悲しいことですが。

左手前より、あき子、安永蕗子、尾崎左永子。平成5年から角川『短歌』誌上にて三氏により源氏物語をテーマに連続鼎談を開始。

短歌のゆくえ

哲学がある世界

馬場　今考えると、私、欲張りで、自分が手にしたものを捨ててないのね。例えば、大体戦後ですけれども、戦後出会ったものは能と歌でしょう。能も捨てずに六十年間、舞ってきたということがあります。その中で、例えば能は江戸時代の侍の教養書だったわけだから、その中からどれだけのものをもらったか。数えきれないほどのものをもらってるということね。つまり、古典の教養というのはこうした趣味や遊びから半分はもらってる。『源氏物語』や、もちろん『万葉集』なんかは何度も読んでますけども、その辺の大物をきちんと勉強するのとは別に、遊戯の中から、遊びの中から、古典をずいぶんもらってる。

それから、韻律というのも能狂言などを通して体から教わってますね。七五調とか五七調、あるいは七七調、六四調、狂言小唄とか、謡曲の中にも出てくる小唄節とか、体を動かすリズム、心に沁みる調べ、そういうおもしろさもずいぶんもらっているので、ときどき心余りて字余りなどになっている歌も出てきているんです。意外と自分では詠めてるつもりなんだけど、米川千嘉子さんに叱られるんです、「ちゃんとした形で詠んでくれなきゃ困る」って（笑）。

古典のおもしろさが事実を追求した結果の推理力によって開発されていくということを教えてくれたのは目崎徳衛《とくえ》さん、唐木順三さん、角田文衞《つのだぶんえい》さんとか、そういう学者の先生方でした。もうちょっと膨らみのある、類推の余地のある学問が昭和四十年代には面白かった。

それから私は世阿弥の『花伝書』、今は『風姿花伝』といいます。あれにずいぶん教えてもらったことが多いです。芸術論、文学論、人生論が含まれてくるでしょ。いかにも日本的でしかも十五世紀ですよ。私は『風姿花伝』は世界に冠たる芸術論であり文学論だと思ってる。それはなかなかすごいことを書いてありますよ。もちろんその後の、世阿弥の伝書、いっぱいあるけれど、そこから歌の作り方も学んでいるように思うなあ。『風姿花伝』には。

――馬場さんの中には、戦前生まれの女性らしい生活に即した実感と、いわば男性的な形而上性というか哲学性みたいなもの、その二つのものが共存していると思います。独特な抽象志向というのかなあ、現場をすごく重視する人であるのに、抽象への惹かれ方がある。それが他の人にはできない。やはりどっちかになってしまうと思うんです。

馬場　そうねえ。今という時代は哲学のない時代のような気がするの。思想ということばが古くなっちゃっているんじゃないかと、そういう脅えはつねに思いながら、でも思想性に惹かれますよ。広い意味での思想性、つまり広い意味での哲学にね。

例えば、お客様にまずお茶を出すでしょう。お茶とは何だろう、今はそういうことは考えない時代になっちゃったのね。お茶ではなくて、お飲みもの。それは渇きを癒やすものとして、みんなが勝手なものを飲む。私などはそうでない時代に育っているでしょ。「お飲みもの」じゃないの。客が来ればお茶を出します。対座の真中にお茶がある。

——様式性ですね。

日本には型の様式があった

馬場　そうそう。そういう様式の中にいかにも日本的な哲学がある。日本は型というものを残すのが得意な国民性があるので、型の文学、型の芸術、型の美学ってあるじゃない。その型の中に何があったのかということを考えざるを得ないところに生きてきたということがありますよね、「型とは何か」って。

なぜ、舞を舞うとき、膝を立てるのか。膝を立てるとは何か。中世の絵巻物を見ると、膝を、片膝を立ててる人が多いのよ。昔から膝を立てるという様式があった。

うちの田舎に帰ってみると、古い農家ですけれども、わりと土間が大きくて、奥座敷があって、土間には上がり框《がまち》があって、その辺の一番下のほうに座る人たちは膝を立ててお茶を飲んだり、何かつまんだりしている。なぜ膝を立てているかというと、彼らはすぐ立たなきゃならないから。すぐ立てるように膝を立ててます。

中世の芸能人も膝を立てている。琵琶法師も膝を立てている。韓国にもそういうスタイルがありますが、平安朝でもお庭に控えている者は膝を立てている。
膝を立てるとは何か。すぐ立てるという、用の世界。用に立つ世界の中でね。
膝を立てた美しさはどこにあるかということを次に考えて、服装なんかも膝を立てて美しい服装が生まれるとか、いろいろと。はじめは用のためにあった型が美に発展していくプロセスがあるわけね。そんなのがおもしろいのね。

―― おもしろいですね。全員が自分が好みのものをばらばらに飲むということになると、そこで話は終わってしまうから。

馬場　そうなのよ。

―― 今はすごくそうなっている。コーヒーでもラーメンでも、なんでもトッピングとかオプションで、何を載せて、何を抜いて、温度はぬるめで、油は少なめでって、一人ひとりが細かく選べるけど、どこまで微調整しても、個人の中で終わる話なんですね。

馬場　今も一碗の茶を前に会話が成立するお茶の世界はありますけど、それが非日常のものになってしまった。つまり日本が持っていた、日常の生活様式とか対人様式って、もう滅んだわけね。あくなき自由なアメリカ的な世界になった。ところが、ヨーロッパに行くとそうじゃないんじゃないかしら。人が寄り合って、紅茶を淹れる時、こういう様式があるとか、どういう様式でやるとか、ちゃんとあるのよ。それを守っているのがヨーロッパ。だからわれわれの日常はかなり、アメリカ化していて、それも上等のアメリカではないんじゃないの。

口語と文語の併用

——短歌のゆくえということではどうでしょうか。

馬場　今は新しい短歌の時代が始まっていると見るべきか。短歌が滅びてゆく時代だと見るべきか。まあ両方よね。しかし私はやはり、新しい短歌が始まると思うのね。例えば小学校の四年生の子どもたちが短歌を作り、新聞歌壇でも花形の少女が出てくる。でも、そういうような人が高校を出てからどうするかということが問題で、今の企業がそういう短歌を作るゆとりを与えないとすれば、そこで終わってしまうんだけど、どうなんでしょうねえ。そういうのは若い世代に影響力のある穂村さんたちの責任だと思っているんだけど。なんだかすぐ責任転嫁をするようだけど、穂村さんに何か言ってほしいですね（笑）。

——一緒にやりましょう（笑）。

馬場　大学で短歌サークルのあるところがいくつかあって、そこ以外の人たちはどうなっているのかなあ。その人たちの中から、就職しても歌を作る人が出てくるのかなあ、今の世の中。小学校で作らせて、中学校で花形になって、高校で細くなって、大学を出たらポトンと落ちる。今歌というのは線香花火みたいなものになっていますよね。そういう短歌の、何度でも繰り返す中からみんながついてゆく一人の天才が出るかどうかよね。

——様式性がどんどん弱まっているから、鍛えることのむずかしいジャンルになりつつあるように思います。

馬場　それ、口語が蔓延することなんですかね。

――そうなんですよね。添削もできないし、指導もできなくて、その人のセンスと才能であるところまで書いて。

馬場　新しい様式を作るか。フォルムができるかどうかよね。

――でも、フォルムを作るほどの天才ってそう簡単には出ないから、みんなポトンと落ちる。

馬場　もう一つ、日本の音律性は音楽とともに来たわけよ。昔も今様の音律に影響される派と抵抗する派があったりしたんじゃないかしら。「今様」の後は雑謡の『梁塵秘抄《りようじんひしよう》』そして『閑吟集』の時代のああいう歌い方、歌謡ね。それから、狂言小唄。江戸時代になると「松の葉」みたいな三味線音楽。そういうものと和歌は意識的にはどういう対位をしてきたかね。今テレビなんかで歌っている歌を聞いていると、外国人が日本語をたどたどしく歌うように歌う音楽が好まれているじゃない。ことばの切れ目も、意味は度外視してばらばらなのよ。ああいうたどたどしさが好まれていることに愛の歌を歌うときは幼くたどたどしく歌う。

そういう中でことばのリズムそのものが変わっていくのか。若い人の口語短歌には共通するところありますよね。ときどきね、この歌い方は日本語じゃないと言いたくなります。外国人が日本語をたどたどしく言っているのと同じで、いやですね。その反面、流暢な日本語をしゃべる外国人がいっぱい出て来てて、日本人だけが外国人の片言《かたこと》を真似て、あんなふうに歌を歌っている。いいのかなあと思うのね。

――短歌でも「たどたどしい愛の歌のほうがリアルに感じられる。鍛え抜かれた文体で歌われた愛には不信感を持つ」みたいな生理感覚は多分にあるような気がします。

馬場 たしかに。しかし、あどけないほうが純粋感があっていいとばかりも言っていられないし。

――でも、最新歌集の『あかゐあをゐ』の〈あやめ咲くころの冷たい闇が好き若き日ふたりは歩いていつた〉の真実な感じ。

馬場 口語の力ですかね。

――あの鍛え抜かれた馬場あき子がこんなにふっと歌うということは、ここにリアルな……。

馬場 現実があったに違いないって。

――ええ。そういう逆説的な気持ちですね。〈若き日ふたりは歩いていつた〉と馬場さんが言うと特にピュアな感じがして。だって、いかようにも歌えるのに、〈ふたりは歩いていつた〉というのは、これは本当の心だからに違いないって思える。

馬場 文語でやったらウソになる、確かに。

――なんかそう感じちゃいますね。

馬場 そうですね。ばかばかしい歌になっちゃいますよ。

――有名な〈しずめかねし瞋《いか》りを祀る斎庭《ゆにわ》あらばゆきて撫でんか獅子のたてがみ〉(『飛花抄』昭47)みたいな、あの時代にはあれでリアルに感じるんだけれど、今、そうすると信じられない気持ちになるという。

馬場　そうか、古くなるんだ。ことばも調べも。あのときは安保の後だからねえ。

――どうしてだろう。不思議ですね。吸っている空気がもう文体を変えている。

馬場　そう。だから、時代とともにどんなふうになっていくのか。定家の歌なんて、出た当時は穂村さんのことばをかりれば塚本的に記号的に聞こえちゃったわけでしょう、みんなには。だから、よくわからない達磨歌だったんでしょ。こんなことばのつづきがらが悪いものはダメだって。ところが、それが今の時代にはすぐれた文学として受け入れられていく。そういうところが本当に不思議。結局、ことばの世界では一人の天才がいるかどうかが流れを変えるのよ。「寺山がいたから、俵万智が出たから、穂村が出たから」というように。寺山は口語発想で文語で歌った。俵万智は口語発想で口語で歌う。しかしそういう流れの中で、全部が穂村風にはならないのよ。結局文語と口語の併用時代よね。

口語って短歌の活力になる

馬場　これからは口語と文語をどうするかという問題はまだ響いている大きなテーマですね。口語だけの歌人が今どのくらいいるか。つまり歌人として認定されている口語だけの歌人。穂村さんはもちろんだけれど、どういう人がいますか。文語が少しずつ混じっているんじゃない、最近。

――東直子さんとか。東さんのほうが僕より文語が入ってないと思います。

馬場　東さんは入ってない？　そうかあ。あの人の歌、ずいぶん読んでるけど。整ってるから文語も入っているかと思った。

――ただ、個人の問題以上に、口語だと添削とかが本質的にできないというのはすごく短歌を変えてしまうと思うのです。僕もときどき添削めいたことを依頼されるけれど、できないですよ。

馬場　困っちゃう。

――発想から書き換えるしかないんです。文語だと目も覚めるような添削って、あるじゃないですか。テレビで「ＮＨＫ短歌」を見ていても、「すごい！」みたいな（笑）。初心者にとってはあれがすごくうれしいと思うんです。あそこをちょっといじっただけで、あんなになるんだって。

馬場　口語でもあるでしょう。

――いや、できないですよ、口語では。

馬場　本当はできるんでしょ。

――いや、できないですよ。心と言葉の結びつき方が違うんですね。歌としての出来不出来とは別に、最初からそれがぴったり合いすぎるんです。文語は短歌を作るみんなの言葉だけど口語はその人のことばだから、添削するとズレてしまう。見よう見まねで文語の添削をするほうがまだいい。原作をそっくり生かしたままでよりよい口語歌にするというのはとても難しいです。

今、「ＮＨＫ短歌」で、斉藤斎藤さんはどうやって添削してるんだろう（笑）。多分、添削ではなく、改作してるんじゃないかと思うんです。

馬場　なるほどね。口語歌を口語で添削しにくいというのは微妙におもしろい問題ですね。でも、私なんかも添削をしているんだけど、文語の短歌に「下の句をこうすればおもしろいんですよ」という添削を口語で入れる。そうするとぐんと活力が出てくる。口語っていうのは活力になりますよ。文語っていうのは締まっちゃうから、どこかに口語を入れてあげたりすると、活力になってくる。口語の力って大したもんですよ。逆の場合もありますけど。

――生な感じが出ますね。

馬場さんは主に年下の女性たちを自分の弟子とかは関係なく、ずいぶん面倒を見て、教えてこられましたね。

馬場　人間が大好きだからね。

――あれはどういう感じですか。

馬場　寂しいから人を集めちゃうのよ（笑）。

――寂しいんですか。

馬場　そう。一緒に話してれば楽しいじゃないの。あれは私の元気のもとなのよ。それにしてももう、随分いろいろなことを話しましたね。もう話すことなんてないみたい。

――いえいえ。まだもうすこし……。

平成14年角川短歌賞選考会。左手前より辺見じゅん、あき子、右手前より岡井隆、篠弘。

現代短歌の主流は

物言いの伝統は和歌の本筋の一つ

――今日は何から始めましょう。最近の話を伺いましょうか。

馬場　今度、新しい歌集、『記憶の森』（仮題。後に、平成27年『記憶の森の時間』として刊行）を出そうと思ってるんだけど、できないのよ。歌集を作るのは二日かかるでしょ。

――エッ！　僕は十年以上かかってるんですけど……。どうやって二日で作るんですか。

馬場　できますよ、二日で。私は大学ノートを使っているんだけど、開いたページの片側に歌をいっぱい書いておくの。そこから拾った歌を反対側のページに、例えば「『かりん』8月号、7首」「角川『短歌』○月号、○首」と書いておけば、こっち側だけコピーすると原稿ができてしまう。その中から嫌な歌を消せばいい。引き算をすればいいんだから何でもない。あっという間にできる。ただ、コピーをしたり何かで手伝ってくれる人を一人、二日あれば十分にできます。

最終回が近いということで、『短歌』二月号の創刊60周年記念の座談会「『短歌』60年を読む（後編）」（平26）を話題にしてもいいと思いました。三枝昂之、小島ゆかり、穂村弘、大森静佳の皆さんがいろいろな問題を出して、よくやっていましたね。

自分に添って考えてみると、結局、前衛とは何だったんだろうかということです。大岡信さんと塚本邦雄さんの二回にわたる論争、あれが私にとってはすべての出発だったという感じがしているんです。

というのは、大岡さんはお父さん（大岡博氏）が空穂系で、大岡さんはその影響受けていますね。しかし、自分が作っている詩と短歌の世界とは明らかに違うと考えていたと思う。

空穂系の歌は、「明星」から別れたと言っても、結局、「明星」の言葉の美学にある違和感を持っていたと思うんです。空穂はむしろ王朝的な和歌の伝統を引いた物言いの風体に親しいものを感じていたでしょう。空穂がいちばん好んだのは俊成で、俊成などの柔らかい、ちょっと味のある物言いというものを考えていたと思う。前衛の喩法論の中には、日本人は直喩しか知らないみたいな論もありました。しかし、短歌にも暗喩あり全体喩ありなんて当たり前です。

この話はしたかもしれないけれど、『万葉集』にはすでにそういう比喩の世界は非常にひらけていてほとんどは比喩の宝庫ですよ。空穂系では、事柄に対して、あるいは時事や日常に対して、見たもの、触れたものに対して、少し批評性のある物言いの文体が好まれた。それは人間性を尊んだ世界だから、そうなったんですけどね。

前衛の時代は、人間性というものより、いかに表現するかという、「何を」より「いかに」の問題がクローズアップされてきた。それも大切なことですから、私ももちろん前衛の影響を受けてきます。だけど、まともに塚本さんの影響を受けるより、やはり自分の風体に呼び込んだ受け方をしなきゃいけないと思っていたのは当然ですよね。私が古典を発見し直そうとした話はしました。今はどうでしょう。潮流としては、穂村さんより下の世代はちょっと違うけれど、現代短歌の主流はやけにわかりやすくなってきているでしょう。

――うーん。

馬場　佐佐木幸綱さん以下、全部、前衛の影響を受けているわけでしょう。だけど、佐佐木さんはことばのひびきや体裁を大切にして、直接伝わるすごくわかりやすい歌になった。

定家が『新古今和歌集』の後、老年になって『新勅撰和歌集』を選んだがずいぶんと普通であることを見直しわかりやすい歌になっている。『拾遺愚草』なんかを見てもね。読者としては、定家の晩年はおもしろくない、平明な歌になった。でも、そこに人生の深さをよみ取って、どこかに納得があるとすれば、それはもう少し論じなければならないところ。物言いの伝統は和歌の一つの大きな本筋であって、晩年の定家は、実朝に『万葉集』を贈るなどをみても、関東の武士たちの直接な物言いに、新鮮さを感じていたかもしれない。時代とともに移ることばの魅力の一つとして「こういうところも大切なんだ。これでいいんじゃないか」というのを定家は納得しているのではないか。素人のもの言いに立ち返るというか。そこのところをもう一遍経過したいという気持ちがあるのじゃないかと思うんです。今日の歌の一つの傾向の中に安らかに歌うという方向がある。しかし、それはことばの訓練を経てきたもの、前衛を通ってきた物言いだから、近代短歌、あるいは戦中戦後の、叙述的な物言いとも違い、もうちょっと詩歌であることを意識した、味のある物言いというか、そうなってきている。

私を差し出す、心を差し出す

馬場　この座談会「『短歌』60年を読む〔後編〕」（平26）を読み返すと、去年くらいまでの角川短歌賞の新人の歌が出てきています。小島なおさん、森山良太とか、そういうところまでは人間というものが色濃く出てくるものだったんだけれど、それ以後はちょっと違ってきていますよね。

例えば光森裕樹さんの〈ドアに鍵強くさしこむこの深さ人ならば死に至るふかさか〉、この歌は彼の歌の中でいちばん印象的です。こういうように、事柄、自分の日常の動作というものから、今日の病んでいる社会事象につながっていく鋭さがいいですね。これは現代の深い傷と同じだよというふうな発見。

あるいは大森静佳さんの〈もみの木はきれいな棺になるということ　電飾を君と見に行く〉。ふつうだと、電飾を君と見に行くのが中心になるわけよ。ところが、そうじゃなくて、ここではもみの木はきれいな棺になる、上等な棺桶になる木なんだということが主役になる。ここに、いまの若い人の感性がある。若さの中にふと死への想念が入るような、そういう知的な発見とか知的な論評みたいなところがあって、自分や一般的に人間に対して客観的ですね。わりあいと距離が大きい。

例えば吉田隼人さんの〈死んでから訃報がとどくまでの間《かん》ぼくのなかではきみが死ねない〉、こういうのを、小高賢が死んだとき私は書くだろうかというと、そうは書けないです。でも今の人たちは、訃報が届くまでかなり時間がある、それまで「私の中で君は死んでない」と書く。当たり前といえば当たり前じゃない。

――うん、知らないから。

馬場 当たり前のことを言い方によっては、「えっ、そうなんだ」と思わせるテクニックが現代の若い人たちのおもしろがり方になっている。そこのところには知的なおもしろさというのはあるけれど、私などの考えていた短歌というのは、もっと私を差し出す、人間を、心を差し出す、自分のどこか真実なものを読者の前に差し出すものだったのに、今、そうではなくて、こんなふうな言い方ってあるよという、言ってみれば文芸的な、知的なニュアンスのおもしろさを差し出そうとしている。

そういう差し出し方はどの程度、長持ちするかというと、その人のある青春的な痛みとか知的な何かとかが終わったときくらいまでで、まあ、五十代になったときにはどういう歌を作るのだろう。穂村さんはその辺りどう考えていらっしゃるかな。新しさとして、みんながもてはやすけれどそこが難しさではないかな。

これはよく言われることだけれど、歌壇外の人にどんな歌が好きですかと聞くと、近代短歌しか挙がってこない。なぜかと言えば、近代短歌はやはり自分を差し出して歌ったからです。自分を差し出してない歌は、一読目を止めても、長く読むには魅力が薄いんじゃないかな。

例えば小説だって、どんな場面を構成しようと、それは自分を差し出しているものだけど、歌人は知的に処理しすぎているかな。大森さんはこの座談会で「自分の主体を隠しておきたい」と言っているけれど、隠しながら透けて見える主体のこわさみたいなもの？　ねらいかしらね。

――今おっしゃった三首の歌って、全部、アイディアがありますね。「鍵」を挿すときに「人ならば」って思ったり、クリスマスツリーの「もみの木」から「棺」を思って、今見ている自分たちもいずれあれに入るとか。「死」に時間差があるというのもアイディアでしょうね。ふつう、気づかないところに気づいている。だからこそ、歌になっているので、逆に言えば、アイディアがないと不安というか歌にできない。

それって、すごく資本主義的だと思うんです。一つのアイディアが売れる。値段のつく歌というんですか。実際には短歌は値段がつかないんだけど。僕、それは吉川宏志さんの歌に昔から感じていて、全部にアイディアがある。ユニークな比喩だったりね。そして、お金を払っても読みたくなる、僕のような読者の心理としては。

馬場　面白いたとえね。値段をつけて買いたくなるものを作る人って、どのクラスの人だろう。穂村さんはもっと「読みたくなる」歌と言うけれど。

――違和感を持つんじゃないかと思う。すぐその場で一首に値段がつくなんて。つまり、一首ごとに全部アイディアが入っているって、なんか不思議なことですよね、昔の歌集のイメージからすると。だって、もっと地の歌とか、値段のつかない歌がいっぱい入っていた。

馬場　いや、昔だってアイディアはあったけれど、売れるかどうかはね。それはどこかにいる読者を求めて「私」を表明するためのアイディアなのよ。だけど、今挙げた三首の歌は事柄を提示するためのアイディアなのよ。

――そうですね。世界をテーマ別に切る大喜利みたいな感じ。この三首のお題は「死」ですね。

馬場　そうそう。大事な今日のテーマだけどそこのところ「いひおほせて何かある」って芭蕉が言ったような巧さが目立ちすぎて、テーマがアイディアに呑まれている。

――いや、でも近代の「私」がそれ自体を提示して価値を主張できたのは、それぞれに個性が違っていて且つ強かったってこともありませんか。今、われわれはみんなと同じように生まれて、みんなと同じ教育を受けて、特に大した体験もしてなくて、毎日コンビニに行って、「これが毎日コンビニに行く僕です」って差し出しても、「僕も毎日行きます」「私も毎日行きます」っていう話で、そこに値段はつかない。価値が見いだせないいんじゃないですか。

馬場　そうか。しかしね、昔から自分がやってきた方法を全然ダメな方法だと思ってないのよ。人間が消えてしまった文学はもう文学ではないと思う。

もちろんアイディアは大切よ。だけど、アイディアが自己表現では物たりない。短歌は抒情詩だもの。ただ、私たちの世代はその気分というものを助詞や助動詞で表現することを知っているんです。助詞が一つ、助動詞が一つ入っただけで、ある感情のニュアンスが出ることを知ってる。それが、日本語の武器だけれど。今の多くの人はそれをやらないで、アイディアで勝負をするということになっていますね。アイディア勝負というのは結局、コマーシャルの世界じゃないかしら。

――そうですね。それに慣れているから、それが強みというか、アイディアは何個でも出せるみたいな人がいるわけです。

馬場　そのコマーシャルを見ていて、「楽しいな」と思うけれど、よし、これでいくか、とは歌人はなかなか思わない。

――でも、光森さんの歌集は、そういうタイプですよ。文体は端正だけれど、アイディアの歌集です。

馬場　『うづまき管だより』（平24）の中にはそうでもないのもありますよ。光森さんもこんな歌をうたうのかというような、ごく平凡な歌も入っている、だから、逆に息がつけるというところもあるわね。

　これからの短歌はこういうアイディア勝負のほうになっていくと行き詰まって、自分というものが表現できなくなってしまい、すごく細くなってしまうと私は思っています。

――自分よりもアイディアを前面に出せば今のように批判されるけれど、いざ僕らの「自分」を出すと、へなちょこだとか、ふざけてるとか、こんな人間はダメだとか、今度は人間の否定が予測されますけど（笑）。短歌が受容できる「自分」像って実は限定されてませんか。

馬場　そうかなあ。〈サバンナの象のうんこよ聞いてくれだるいせつないこわいさみしい〉にはすばらしい自己表現があるし、〈アトミック・ボムの爆心地にてはだかで石鹸剝いている夜〉はすごい実感があると思う。ああいうのはもっと作ってほしいけどね。虚無感を表現するのだって、映像的アイディアがいりますよね。虚無を裏返すほど、ど派手なものになるのかもしれない。

——確かに逆はそうなんです。僕らが馬場さんの歌集を読むとき、おもしろいと思うのは、アイディアの背後に馬場さんの表情とか所作とか、これに至る二十何冊の歌集がザーッと、ある感じが立ち上がってくるから、ちょっとした軽いアイディアでもすごく引き込まれる。

馬場　穂村さんもあと十年もすると違ったアイディアと違った日常を詠むようになる。

——どうかなあ。僕、人間性に自信がないですよね。馬場さんや岡井さんは、仮にすべってころんでも逆に魅力的になるから、いいかもしれないけれど。

五十《ごじゅう》歳過ぎたら変わってくる

馬場　すごく変だと思ったのは、あなたが「大学を出たとき何もなかったなあと友達同士で言い合う」って、言ってたでしょう。エッ、何もなかった？　ウソーッと思った。われわれの世代だと事柄が充満してたわけよ。何もない教室の中でどれだけのドラマがあったかと思うじゃないの。だから、何もなかったって、すごいなあと思ったんだけど。本当はあるんだけれど、くだらないから、つまり何か自分の今の文学なり短歌なり、直接つながる何かがないから「ない」と言ってるんでしょう。

——でも、それは単純に出来事の大きさが……。

馬場　毎日コンビニ行けばそこに何かあるでしょう。

――そりゃあ、あるけど。

馬場　それを「ない」と言ってるだけなのね。毎日コンビニに行って、コンビニ弁当を食べてるって、すごくおもしろいと思うけどなあ。

――うーん。やはり短歌って対人競技じゃないから、世代ごとに闘ったりするわけじゃないけど。

馬場　世代ごとに闘ってたんですよ、かつては。それが今は闘わないわけだ。みんなひとりひとりがそのアイディアを披露しあって、あの人、優秀なアイディアを持っているわねえ、おもしろいわねえというので決まってくる。

――やはり自分たちが得意なところに無意識に頼るわけですね。その切れ味が得意だと思えばそこに頼るし。今、若い人で、馬場さんから見て人間が感じられるような歌人ってだれですか。

馬場　それはたくさんいますよ。光森さんにだって人間を感じます。

――それは本人とけっこう会ったからでしょう。僕のことだって、馬場さんは僕を知っているから今みたいに言うだけで、一度も会ったことがなくて僕の人間性が出た歌を見たら、「こんなやつはとんでもない」って言うと思う。

馬場　言うかなあ。あなたに会ってない時に評価したわよ。

――そう悪いやつじゃないって、今は知ってるから、そんな好意的なことをおっしゃってるけど。僕が最初の歌集を出したとき、岩田正さんにも小高賢さんにも叩かれたんですから（笑）。

馬場　私は違う。最初からあなたを支持していましたよ。「象のうんこ」、いかにこれがおもしろい歌か、あっちこっちでしゃべっていて、あの歌は私が一番よく評価したと思っているの。ただねえ、その後評価している人とは、私の理解とは少し違っていたようだけど。それでいいのよ。

――生身の自分と歌の「私」と言えば、例えば同じことでも岡井さんがやると分厚く感じられる。だから、一緒に歌会をやるとき、これは僕が書いてもいい歌なのかと、岡井さんの歌を褒めた人に聞きたくなります。〈一葉が／島田に結つた朝があり／ぼくでも／アルマーニでゆく／夜がある〉とかって、今の岡井さんが言うからカッコいいけど、僕が同じこと言ったら、なんか感じが悪いのでは（笑）。

馬場　それはあるわね、しようがないわよ。

――そうすると、やはり短歌は名前のもとに書かれるものなのかという昔の命題がまた戻ってきて。だって、岡井さんと塚本さん、前衛の人はそうじゃないってあんなに言って、その署名を消しても、中城ふみ子が筋骨隆々とした男でも、あの歌がいい歌でなきゃだめだという主張だったんでしょう。

馬場　岡井さんも塚本さんも五十《ごじゅう》歳過ぎてから変わってくる。だって、ことばと葛藤しつくした果ての業績だもの。

――うーん。そうしたら、前衛の主張が消えてもしようがないですよねえ。

馬場　逆に言えば、岡井さんだって「署名がなくても僕だってわかるでしょう。この歌をだれの歌だと思うんですか、僕以外にないでしょう」っていうわけよね。

――それはそうですね。確かに歌集を見たらすぐわかります。タイトルを見ただけでもわかる。

現代短歌の主流は

馬場　われわれのアイディアって、ある世代までにしか評価されない。逆に言えば、若い人のアイディアもどの世代かまでしか評価されないということがあるでしょうね。

――縦の引用と横の引用の印象があって、馬場さんたちは縦の引用をしますよね。過去の名歌や文化を踏まえた本歌取り。

馬場　そうね。

――若い世代は横の、同時代の他ジャンルを踏まえた引用をしますね。

馬場　確かに、この何でもありの時代に、これしかないとか、私しかないという歌を作るのはかなり難しい。既視感があるという歌も多くなり、だれかの歌に返歌するようなうたい方もある、アイディアはおもしろいけれど、そのうちだれの作品かわからなくなる。

――そうですね。通貨みたいなものですね。

馬場　それこそ署名性がなくなっていって、平成アイディア短歌とか、そういうのになってくるかもしれないわね。

――ええ。

馬場　実際には平成アイディア短歌というのがあれば、小さい冊子でもいいから読みたいと思う。おもしろいことはおもしろいんだもの。ただ、これが現代の短歌の主流だとはとても思えない。次々にアイディアを更新しなければならないし、生活も新しくなるし、物質も新しくなる。それは消費文化だよね。消費短歌になっていくと思う。

文科省は小学生から短歌や俳句を作らせようとしているけど目的は何なんだろう。どういうつもりなんだろう。短歌、俳句もそうだけれど、様式のある文学って、日本語を研ぐ砥石《といし》なのよ。だから、五七五七七の砥石にかけて日本語を工夫していくわけなので、日本語はそこに乗ったとき、どの程度美しさが出せるかということも、一つのわれわれのテーマだと思う。口語の時代でもそれは同じよ。

それを崩していって、散文に近くなっていくと、詩性を保つため、名詞の力を増殖して助詞、助動詞が抜けていくのね。イメージが強くなっていくわけで、日本語の綴りの部分が消えていくかな。そういう魅力もないわけじゃないけど、つなぐところのおもしろ味と、間《ま》があるおもしろ味とは一つのものなのよ。助詞や助動詞でニュアンスを出すという高度なテクニック、そこが抜けていくのが残念だなあ。

朗誦性と朗読性

――本当にアイディアの器になってしまいますからね。確かに茂吉とか読んでいると、何かわからないけどここの続き方がおもしろいとか、説明しにくいけど、この運びがおもしろいみたいなところがありますね。

一方で、普通、「消費」って悪い意味で使われるわけだけれど、実は短歌って消費すらしてもらえないジャンルでもあったわけです。つまり値段がつかないジャンル。内輪のものはお互いに、ある親近性をもって評価し合うけれど、全く一般の読者からすると、消費する価値がないものというか。だから、たとえアイディアであっても、それが消費されるということにも価値はあると思うんです。

馬場　なるほど。はじめは消費するにも値しないものだったのが、晶子とか牧水とか出てきて。あのとき「朗誦性に足る」ということが値段のつく価値だったかしらね。牧水の歌は朗誦性があった。一方茂吉の歌は朗読性があったと思う。

――それって、違うものですか。

馬場　私は朗誦と朗読は違うと思う。朗誦性では、例えば〈白鳥は哀《かな》しからずや〉で、ああいう音律に乗った美しさは白秋も持っていたし、牧水以外の人も持っていた。だけど、茂吉の価値は朗誦性ではない。朗読性なのよ。どのように朗読できるか。朗読する人の心の持ち方と解釈の仕方で違ってくるわけ。そこの、朗読性を持っているというところが茂吉はおもしろい。

―― 牧水の歌は〈幾山河越えさり行かば寂しさの終《は》てなむ国ぞ今日《けふ》も旅ゆく〉とか、さすがに何か迫るものがあります。これはなんだ、みたいな。

馬場 そう、陶酔性があるわね。

―― あれ、何ですかねえ。

馬場 それが間《ま》ですよ、韻律の。ひびきの間ね。ある、しーんとした、いいものが出てきて。

―― 陶酔感か。

馬場 陶酔感というのは悪いものじゃなくて、魂の純化だと思うから、陶酔することができるようなものって価値がある。

―― 茂吉のほうが現代的というか、そこまで歌い上げる感じじゃないですね。

馬場 ごつごつしているしね。やっぱり東北の、もごもごもごもごというあの調子が出ているのね。言いにくいことを無理をして言ってる、口ごもったような調子がおもしろいし、深さになっている。

人間くらいおもしろいものはないじゃない

大きいアイディアが必要な時代が来る

――今回が最終回になります。これまでたくさんのお話を伺いました。振り返ると連載の初回は、主に戦前戦中の話でした。今、戦前の状況と似てると言う人がいるけれどそう感じることはありますか。

馬場　今は「一寸先は闇」ですよ、どうしたって。どんなものが来るか見当もつかないもの。これからの時代はね。やっぱり怖いですよね、「一寸先は闇」の時代であると思う。

――どれくらいヤバいんですかね。

馬場　私たち、戦前は子どもだったから、よくわからないんだけれど、そのころ、「東京音頭」が大流行でしたね。そのうちにいろいろなことが進んでいくのよ。（平成二十七年九月、集団的自衛権の行使を認めた閣議決定は）みんなでサッカーの試合にわあわあやってるときに、電光石火、決めるわけよ。

――でも、なぜそうしたいのかなあ。だれが、なぜ。

馬場　それは言ってもしようがないから話題にならないけど、でも、そういう時代にどういう表現をするかということ。穂村式アイディアは私は大事だと思ってる。大事なんだけど、アイディアだけでは文学になりきらないところがある。心から心に伝わることばって、難しい問題なんだけど。

――ええ。

馬場　源平騒乱のあと、鎌倉の時代になると、説話文学が盛んに出ますね。「今は昔」という発想って、すごいことを考えたなと思うのよ。お伽話もそうだけれど、「昔々」と言ってしまえば何をしゃべってもいいわけでしょう。そういう昔の人の知恵って、なかなかバカにできない。昔のことだと言っていて、今のことが言える。そういう大きなアイディアも必要よ。

――戦争みたいなものが立ち上がってくるとき、それに対してことばを明示的に使うことができない時代がある。そうしたら、おのずから暗示的にならざるをえない。それは今言った大きなものとつながるアイディアですね。

馬場　つながるわけです。だって、歌の歴史って、源平合戦があろうと、戦国時代があろうとそれ自体は歌には残っていないんだし。そのとき、短歌が連綿と続いてきたって、何を歌ってたんだろう、花が咲いた、花が散ったと歌ってたわけでしょう。すごい人たちだと思うんです。

しかし検証していないけれど、戦国時代の花鳥風月と、源平時代の花鳥風月は当然違います。「紅旗征戎《こうきせいじゅう》わがことにあらず」と定家が言った時代ですから、乱世に対する抵抗としての文学表現があった。

――あれはでも、反語なんでしょう。

馬場　反語ですよ。でも抵抗的反語ね。自分たちは何もできないからそう言ったのでしょう。そういったなかで、ああいう言葉を研ぎだしていくというのは、すごい人だと思う。

穂村さんのエッセイの中には大きいアイディアもありますね。いつもおもしろいと思って読んでいますよ。

――ありがとうございます。エッセイ、あれは散文という体《てい》なんですけど。僕は散文を韻文の意識で書くから、逆にやりやすい。でも、韻文を韻文の意識で書くのは当たり前だから、なかなか書けないんです。

馬場　わかりますよ。

――そうすると、僕が韻文を書くときは散文的だということになって、散文を書くときは韻文的だという逆転が起きちゃうのです。短歌は「全然短歌っぽくない」と言われて、文章は逆に何か散文じゃないという感じになるし。

馬場　エッセイというのは散文よりちょっと何かポエティックなものがあったほうがおもしろい。エッセイでも歌を書いてるつもりです。

――馬場さんの帯文もそうですね。いろいろな人の歌集に書いている帯文は散文スタイルの韻文というか、通常の散文には置き換えられない。対象の本質や美質を見事に提示するんだけれど、それが決して散文的説明にはならない。

馬場　散文とは違う、短いからね。

——それが絶妙だな。

今は隙だらけ、でも怖いことはない

馬場　穂村さんの歌とか散文とかエッセイとか、そういうものにいちばん影響を与えているものって何ですか。例えば音楽とか芝居とか。あるいは彫刻とか絵画とか。

——他ジャンルということですか。どうでしょうか。

馬場　今いちばん見たり聞いたりするのは何ですか。美術館につい行ってしまうとか。

——うーん、マンガですかねえ。

馬場　ああ、やっぱりねえ。

——でも、それは時間がなくても読めるからということもあるかなあ。

馬場　私たちはきっと、マンガは読めないと思うの。あっち見たり、こっち見たりだから、訓練しなきゃ。

——うちの母もよくそう言っていました。

馬場　「どこから読むの？」という感じだもの。

——昔の四コママンガは上から下へ読むと決まってるんですけど、今は確かに、視点がどう動くのか、コマ割りが決まってないから、読みにくいみたいな。
　馬場さんの歌の文体もまだ、というか、少しずつ変化しているのが、歌集を連続して読むとよくわかります。

馬場　そうねえ。このごろ、初句が五音で始まらなくなって困ってるわよ。

――どうなってるんですか。

馬場　歌ができなくなると、やわらかい心を持とうとするでしょう。そうすると口語になってしまう。そうすると初七になるのよ。

――ええ。やわらかさへの意識が感じられて、すごく勇気があるんだなと思う。やわらかく書くのって、怖いじゃないですか。様式性に乗ってドーンとやったほうが隙がない感じになる。

馬場　でも、もう隙だらけですよ。でも、全然怖いことはないのよね。一つは、初七になろうと、次の七が九になろうと、よしんば十になろうと、短歌の韻律で詠めるよという自信もありますよね。
　それはどうしてかというと、上の句がえらくぐしゃぐしゃになった場合は下の句で締めれば大丈夫ということがあるし、上の句が固くなったときは下の句で口語を使えば何とかなるよってことがあるでしょう。だから、その点では大胆になってますね。どのような言葉で始まってもかまわない。会話の途中のように、「そんなことはないよ」というところから始めてみたって何とかなるんじゃないかとかね。「ウソでしょ」というところから始まってもおもしろくなるから、そういうのはやりますよ。

――そのバランスがデリケートで、しかも精密に歌われています。

口語を入れるとすごく得

――今日は最新歌集の『あかゑあをゑ』をもう一回読み直してきました。〈あやめ咲くころの冷たい闇が好き若き日ふたりは歩いていつた〉、この歌は以前も触れましたが、全部口語だとそのときは思っていたんだけど、もう一回見たら、「若き」だけが文語ですね。これがすごく効いている。全体は口語でふわっと歌われているけれど、「若き日」だけが、ふたりが若かった過去だけが文語なんだ。「冷たい」は口語なのに、ここだけは文語で時間がすーっと遠景にある。それが無意識なのかもしれないけれど絶妙にバランスされているなと思いました。

逆もあります。〈いかにも小さき幼子は赤いパンツはき鳩に触れんと歩みはじめぬ〉、これは全部文語だけれど一か所だけ口語が入っている。「赤いパンツ」の「赤い」ですね。さっきの歌は「若き」だけが文語だけれど、この歌は「赤い」だけが口語体で、それによって眼前の小っちゃい子の存在感が生々しく出てきますね。

馬場　そういうのは無意識でしたね。すごい。いいところを読んでくれました。ありがたい。

――〈禅僧のやうに朝はだまつて食べるなり時々やさしい嚙む音させて〉も、ポリッみたいな、そういうちょっとした音を立てているというのを、口語の「やさしい」がうまく表わしていますね。一首一首におそらくは無意識のデリケートな配慮を感じました。

馬場　そういうのって全然意識しないで使っていますね。「やさしい」と言ったとき、「やさしき」じゃダメなんだってことは当たり前で、「やさしい」にしちゃうということなんでしょうねえ。

――ええ。本当に「やさしい」感じに響くんです。「やさしき」だともっと固い感じになるんですけど。と同時に、そこに何か、「やさしい」「赤い」しか使えない者がやるのとは違う感触がある。

馬場　自然体になっているんだね、ことばが、きっと。

――「若き日」、とてもいいですね。ふたりが本当に若かった日。そして、ただ「歩いていった」んですね。

次の歌集の文体はどんな感じですか。

馬場　やっぱり同じねえ。ただ、『あかゑあをゑ』のときは十首ずつの連載だったから、テーマを意識したんです。楽しみでやりました。三十首とかだととてもじゃないけど十首くらいがちょうどいいんですよ。

――タイトルも旧仮名なればこそで。

馬場　そうそう、これ、新仮名でやったら本当、おもしろくないわ。「ゑ」なんておもしろい字ね。

――次は第二十五歌集ですか。

馬場　でも、大したことはない。一歌集に四百首載ってるとして計算すれば一万だけど、与謝野晶子は四万だと言ってるでしょう、やな人ね（笑）。

心から心へ伝わることば

――これまで一年以上、馬場さんからお話を伺ってきましたが、印象的だったのは、浜田到の歌集で、一つの開眼を得たということをおっしゃっていたことです。他にもこれでいけると思ったとか、開眼した、みたいなことはありましたか。

馬場 歌の場合は浜田到だったけれど、古典で仕事をしたいと思わせてくれたのは、戸井田道三さん、目崎徳衛さん、角田文衛さん、唐木順三さんとか、そういう方々なんです。

――馬場さんには初期から民俗学的な関心もありましたよね、文学だけではなくて、その背後の世界。

馬場 私はおばあちゃんに育てられたでしょう。おばあちゃんが寝かせてくれるとき、「あのなあ、大江山いうてな、おばあちゃんの国の向こうにお山がありましたのや」とか、ああいうところの話ばかり聞かせられるでしょう。そういうおばあさんの話を聞いてると、田舎の風土というものに親しむよね。

それから能。お能には鬼が出て来る。いろいろなものが出て来るじゃないの、妖怪変化が。そういうものに親しんでいくし。

能というドラマの劇性が完成したのは、ワキ僧という坊さんを発見したことだと思います。坊さんであれば、どんな死者が出て来たっていい。日本の全部の幽霊は坊さんの前に出て来られるから、あらゆる過去のことが舞台に出せるわけ。あれはすごい発明だと思う。その死者たち、幽霊をどのように処理していくかというおもしろ味が出て来る。そういうのも土俗的だね。

——馬場さんのことばの背後には、人間に対する関心みたいなものがありますね。実際に、何を着て、何を食べて、どこで何をしたか。

馬場　ありますよ。だから、今の人たちが人間への関心から離れてることが私としてはつまらない。人間くらいおもしろいものは、ないじゃないの。私はそう思うけど。穂村さんもおもしろいし。

——人間くらい疲れるものもないじゃないですか。

馬場　それは相手に気をつかいすぎ。初対面でだいたい疲れない相手ってわかるでしょ。

そういえば、亡くなった小高賢との出会いも本当におもしろかった。私が最初の評論集『修羅と艶—能の深層美』（昭50）を出すきっかけになったのが当時まだ短歌を始めていない編集者だった二十代の小高としゃべっているうちのことですよ。あの人が「能はいやだいやだ」と言うのを綱をつけて引っ張っていくようにして能を見せたら、「ああ、つまらなかった」って言うから、また引っ張ってった。初期のころ、小高とは楽しい喧嘩ばっかりしていました。

——最初から、そんなに気心の知れた関係だったんですか。

馬場　そう。池袋の喫茶店で毎日、小高と会って。時間が来ると「じゃあね」と言って、私は勤め先の赤羽商業に行くんです。

——へえ。

馬場　あの人、最初はキヤノンに入ってて、本当かどうかわからないけれど（笑）、あんまりカネが集まるんでいやになったと言って、中途入社で講談社に入って、野球部でバットかなんか振り回してたら、下手クソだから肘に当たって骨を折った。それで、週刊誌じゃかわいそうだというんで新書部に入れてもらったそうなんだけど、その出発のころに、私は出会ったのよ。

――じゃ、編集者の鷲尾賢也さん（本名）としてやって来た。

馬場　そうそう。二十代の若造がやって来て威勢良く「もうねえ、あんたは短歌をやめちゃって文章を書いたほうがいいの」って私に言ってくるわけ。だから「何言ってんの、あんたが歌を作ったほうがいいんだよ」ってね（笑）。

――馬場さんは四十代のころですか。

馬場　そう。おもしろかったですよ。「歌さえ作ってればクビになったとき何とかなるんだから」と言って説得したの。

――馬場さんのお陰で、小高さん、いい人生になりましたね。

馬場　歌を作ってなかったらただのえらい編集者ですよ。歌をやっていたからね、そうじゃなかったですよね。

数学と語学

――馬場さんの悔いみたいなものって何ですか。これだけは惜しかった、こうすればよかったたかもとか、今思い浮かぶものって、何かありますか。

馬場　あります。数学をもっと勉強しておけばよかった。

――それは意外ですね。どうしてそう思われるんですか。

馬場　だって、あなた、数になると間違えるのよね。我ながらあきれる時がある。勘定ができないということ。

もう一つは、中国語か英語か、どっちかやっておきたかったな。中国は日本文化のもとだと思うから中国語をやっておいたらよかったなあと思うけれど、これだけ英語が盛んになると、あのとき一念発起して英語をやっておくべきだったなあ。

われわれにとって英語は、女学校五年、十七歳のときまでは敵性語なのよ。だからベースボールということばも知らなかった。野球。蹴球（サッカー）、籠球（バスケットボール）とか、全部そういうふうに言わないといけないの。「ドレミファソラシド」じゃないの。「ハニホヘトイロ」なの。そういうバカな時代に生きてたのよ。

だから、戦後はたいへんでしたよね。まだ敵性語というのが頭に残っていたし、体の大きなアメリカ人に圧迫されていたから、逆に英語をしゃべりたいという気持ちが全くなかったの。一年生のとき、英語の先生はいたけれど、あまりよく教えてくれなかったな。早稲田の英語の先生が来てたんだけど、英語の時間はさぼってた。

最初の就職先は、貿易会社だったから、「ハローハロー」に悩まされて、もう本当に嫌になっちゃって、金輪際、英語なんてしゃべってやるもんかと思ったの。それがやっぱり運のつきだった。悔いはその二つね。

——じゃ、文学上の悔いはほぼないということですね。

馬場　ありますよ。それもあります。女学校の五年間、内外の文学をあれだけ読んだのに、ただ読んだだけで、精神的なものとか、思想的なものとか、そういうものは空気のように体に入っているんだけど、もう一遍読まないといけない。文学として果たして読んでたかどうかわからない。

もう一つ言えば、あんまりいろんなものに興味を持ちすぎて、散漫というよりも分野が広がりすぎて、蝶々の話も好きだし、虫の話も好きだし、能、狂言、歌舞伎も好きだし、本当にこれは困ったという感じね。今も蝶々や虫のほうの集まりからお誘いがあるので、それやったらダメだろうなと思いながらもときどき行くでしょう。

——蝶の歌とか、講演されてるんですか。

馬場　講演はしないけど、岡田朝雄さんとおっしゃるヘッセの研究家が『百蟲一首』という本を出された。やられたと思いましたね。これは私がやりたかった。百の虫で名歌を一首ずつ挙げるの。松虫をうたった名歌、蟬の名歌とか、たくさんの歌をやりたいなあ。

——年譜を拝見すると、古典と短歌と能をやり抜いたし、旅行もいっぱいしているし、あらゆる賞も受賞されてるし、その意味ではほぼ何の悔いもない感じかなと思うんですが。

馬場　年譜を見ると。賞を受賞し始めてから、よくなくなったよね、多分。

——ずーっと（賞を）とってますね。

馬場　沼空賞までは期待していたけれど、あとはもう寝耳に水のという感じでした。

後悔はその都度ある

——本当に最後だけれど、せっかくだから、気になった歌について聞いておこうかな。『あかゑあをゑ』の〈不可能な『ライオンの飼い方』といふ本をみんな読みたがりつぎつぎに貸す〉、これ、何ですか。

馬場　『ライオンの飼い方』という本があるのよ。私、こういうのが好きだから買って、読んでたの。他に、『キリンの飼い方』『カバの飼い方』もあるし、いろいろな飼い方の本が出ているの。赤ちゃんが生まれたらミルクを一日にどのくらい飲ませなさいとか、ちゃんと書いてあるの。私は小さい赤ちゃんライオンを抱っこしたかったのよ。そういう本を読んでて、ライオンはこう、カバはこうだとか、しゃべると、聞いてるみんなはおもしろがって、「貸して、貸して」って言われてね。

——本当にそんな本があるんですか。僕はまた、「ライオンの飼い方」はなにかの隠語かと（笑）。

馬場　あるのよ。虫の本とか、生き物の本とか、つい買ってしまうのよ。だから、穂村さんのえほん、あれ、何だろうと思って読んだら……、へんてこりんな絵ですねえ。

——ああ、『えほん・どうぶつ図鑑』ですね。横尾忠則さんとのコラボレーションです。

馬場　子供向けの図鑑だと思った。

――〈何かが大きく変つたやうに思つたがわが時間すこし減りにたるなり〉、「何かが大きく変わったように思ったが」はどういう感覚なのかなあ。

馬場　ずっと忙しかったんじゃないですかねえ。変な歌ね。

――でも、不思議な実感がありますよ。

馬場　大きく変わったように思うことってありますよねえ。結果的には一つの仕事し終えて大きく変わったように思ったんだけど。要するに時間感覚が少し違っただけだったんですよ。一生という時間が少し減ったような。

――ああ、そういう実感ですか。

馬場さんにも後悔ってあるのかなと思った歌が、〈厄介なことはちやうどに避けてきた　椿落つ、これでよかつたのかなあ〉。

馬場　後悔はその都度ありますよ。だけど私って、すごくずるくて、忘れやすいの。

――「椿落つ」だから、何か具体的なイメージですよね。

馬場　厄介なこと、でも、厄介なことはみんなちょうどに避けてきたんでしょうね。

――馬場さんはぶつかってこられたほうだと思いますけど（笑）。

馬場　厄介なことが向こうから来たときはしようがないけど、他人の厄介なことにかかわろうかなと思いながらも、かかわらないというのがあるでしょう。そうやって避けてきたとき、あの人がその後うまくいかないのは私が放っておいたからじゃないかなとか。

必ず生きる道はある

――絶体絶命だったことって、ありますか。もうダメだって腹を括ったことが。

馬場　それはありますよ。けど、人生はおもしろい。必ず脱出の道はある。だから、絶望しないの。

――さて、これから何をされますか。

馬場　できるか、できないか、ひみつですね。穂村さんたちから、元気をもらって、お酒を飲んでいるのがいいんじゃないかな。

月刊『短歌』平成25年10月号より平成26年10月号に
連載された「馬場あき子自伝――表現との格闘」に加筆修正。
本書記載の人物の年齢は連載当時のものです。

あとがき

この本は角川の「短歌」編集長の石川一郎さんの企画に乗って、聞き上手の穂村弘さんに誘導されながら、丸一年一ヶ月かけて語った私の来し方のあらましである。

生まれた時から大きかった私は小学校六年ですでに身上一五〇センチで整列順は最後尾に近かったが、三年生までは無口で友達も作れず、やや自閉気味な心配な子供であった。

けれど、子供の内面は意外に活動していて、決して暗くはなく、周辺をよく見、よく判断しているものなのである。今ふりかえってみてこの頃の物事に対する観察力、記憶力はなかなかのものであると思われる。子供の能力や知力はちょっとしたきっかけで急に目ざめ成長する。私はたまたま、その辺が幼年時に他の子供よりゆっくりのんびりしていたらしい。

私はそうした自分の幼少時にとても関心をもっている。回想の中でもまさに蒙とした昧《くら》さが薄っすらとはがれてゆき物が見えてゆくのがおぼろに自覚されてゆくある時期があった。そして元気が生れ、活動的になっていった。成績が上がらなかったことを悔いたことはなく、学校や学友の処遇に不満をもつこともなく、自分を他者と比較することもなく、好きなことをして、自愛的に成長した。

ただ時にこれはというとびきりな好きなものと出会うと、過激に接近し、没入して夜も眠らず、喜びとともに、絶望や苦悩を味わったが、それがたまたま能であり、古典であり、短歌であった。それを阻むものとして戦争があり、戦後の遅れた時間とのたたかいがあった。しかしそれは苦しいというよりはむしろ楽しいものだったといえる。

一枚一枚、薄紙を剝いで何ものかに近づいてゆく、そして何かが〈見えた〉と思い〈わかった〉と思いながら、それを手に入れるまでにはいかない。その繰返しが人生なのだろう。昔から、いろいろな人が同じようなことを言っていたにちがいない。平凡な、当り前のことかもしれない。しかし、その当り前のことを、自分の言葉として言えるところまでやっときたのだというのが今の感慨である。

馬場あき子

平成二十八年六月一日

寂《さび》しさが歌《うた》の源《みなもと》だから

穂村弘《ほむらひろし》が聞《き》く馬場《ばば》あき子《こ》の波瀾万丈《はらんばんじょう》

2016年6月25日　初版発行

著者／馬場《ばば》あき子《こ》

発行者／宍戸健司

発行／一般財団法人　角川文化振興財団
東京都千代田区富士見1-12-15　〒102-0071
電話　03-5215-7821
http://www.kadokawa-zaidan.or.jp/

発売／株式会社 KADOKAWA
東京都千代田区富士見2-13-3　〒102-8177
電話　0570-002-301(カスタマーサポート・ナビダイヤル)
受付時間9：00～17：00(土日　祝日　年末年始を除く)
http://www.kadokawa.co.jp/

印刷製本／中央精版印刷株式会社

ISBN 978-4-04-876366-0　C0095